MARGUERITE YOURCENAR, LA PREMIÈRE IMMORTELLE

Mélanges en l'honneur de Marguerite Yourcenar

MARGUERITE YOURCENAR, LA PREMIÈRE IMMORTELLE

Mélanges en l'honneur de
Marguerite Yourcenar

Sous la direction d'Anna Alexis Michel

ÉDITIONS
RENCONTRE DES
AUTEURS FRANCOPHONES

Couverture

Sandra Encaoua Berrih

Contributeurs

Anna Alexis Michel, Agnès Castera, Olivier Coutier-Delgosha, Laurent Desvoux-D'Yrek, Émilie Dhérin, Sandrine-Jeanne Ferron, Jean-Michel Guiart, Martine L. Jacquot, Jean Jauniaux, Florence Jouniaux, Michel Lobé Etamé, Anamaria Lupan, Meziane Mahmoudia, V.Maroah, Sandrine Mehrez Kukurudz, Carole Y. Naggar, Billy Nzalampangi Ngituka, Rémy Poignault, Annie Préaux, Aude Prieur, Mariem Raïss, Marie-Amélie Rigal, Claire Rio Petit, Élisabeth Simon-Boïdo, Sophie Turco.

« *Vous ne saurez jamais que votre âme voyage*
Comme au fond de mon cœur un doux cœur adopté ;
Et que rien, ni le temps, d'autres amours, ni l'âge,
N'empêcheront jamais que vous ayez été. »

Marguerite YOURCENAR

Marguerite Yourcenar, la première immortelle
Mélanges en l'honneur de Marguerite Yourcenar

Avant-propos

Sandrine Mehrez Kukurudz

En mars 2020, j'assistais passivement à la célébration du cinquantenaire de la Francophonie à New York alors que le monde s'apprêtait à vivre un bouleversement majeur, uni face à un virus incontrôlable, mais désarmé face à ses conséquences.

L'idée – germée quelques mois plus tôt – d'organiser des rencontres littéraires dans quelques villes américaines, s'est alors heurtée à l'impossibilité d'en poursuivre la réalisation. Pourtant, plus que jamais, il était nécessaire de réunir les gens, d'apaiser les peurs, de permettre l'évasion, même cloîtré chez soi. Était alors venu le temps de lancer la plate-forme Rencontre des Auteurs Francophones.

Sa finalité ? Créer un réseau d'auteurs de langue française du monde entier et de lecteurs avides de découvrir des plumes, parfois inconnues, ou de mieux connaître des auteurs déjà aguerris. Le réseau s'est appuyé sur une plate-forme bienveillante et vivifiante qui – au quotidien – enchante ses lecteurs et internautes. Sans frontières, réunissant chacun à des milliers de kilomètres de distance.

Aujourd'hui près de quatre cents auteurs originaires de cinquante pays nous ont rejoints. En grande ou petite maison d'édition, ou autoédités sélectionnés par les comités de lecture bénévoles.

Émissions thématiques et interviews, blog alimenté par plus de soixante contributeurs, rendez-vous virtuels internationaux (Café littéraire, Paroles d'auteurs, Forum des auteurs, célébrations des auteurs et des grands rendez-vous culturels francophones annuels…), séances de dédicaces aux États-Unis, lancement du Festival des Auteurs Francophones en Amérique, participation aux salons du Livre en Europe, librairie qui diffuse dans le monde les livres imprimés des auteurs, ouverture d'antennes en Espagne, Belgique, France, Djibouti, Haïti, Asie et Océanie.

À l'invitation du prestigieux et iconique National Arts Club de New York, et pour la seconde année consécutive, Rencontre des Auteurs Francophones a réuni le 22 novembre 2022 des auteurs des États-Unis, d'Europe, du Québec, d'Afrique et des Caraïbes. Tous appartiennent au réseau et participent à son développement.

Ce festival littéraire n'est pas comme les autres, il puise sa force dans celle de ses auteurs investis, qui tout au long de l'année se soutiennent, s'encouragent et font grandir cette initiative qui n'a que trois ans d'existence.

C'est à cette occasion que Rencontre des Auteurs Francophones a décidé de lancer sa collection « Hommage », avec deux premiers ouvrages : le premier en l'honneur des quatre-vingts ans de la naissance du Petit Prince de Saint Exupéry et le second célébrant l'anniversaire de la naissance de Marguerite Yourcenar, laquelle aurait eu cent vingt ans ce 8 juin 2023.

Cette immense auteure française, née en Belgique, qui vécut plusieurs décennies aux États-Unis et y est enterrée, fut la première femme à être entrée à l'Académie française, devenant ainsi la première immortelle. Sa vie d'auteure de langue française sur la terre américaine est donc un symbole fort et un magnifique lien entre les deux continents.

Ce livre en l'honneur de Marguerite Yourcenar rassemble une vingtaine de textes rédigés par des auteurs passionnés, enthousiastes à l'idée de laisser courir les mots pour lui rendre hommage. Ils avaient carte blanche. Nouvelles, poèmes, réflexions, textes, illustrations… Ils vous livrent ce que la première immortelle de l'Académie française leur inspire.

© Sandrine Mehrez Kukurudz

Marguerite Yourcenar, la première immortelle
Mélanges en l'honneur de Marguerite Yourcenar

Remerciements

Merci aux contributeurs, qu'ils soient poètes, auteurs, professeurs ou chercheurs qui ont permis la naissance de cet ouvrage collectif.

Merci à tous ceux qui soutiennent le réseau tout au long de l'année, à ses membres auteurs.

Merci à la Société internationale d'études yourcenariennes (SIEY) d'avoir relayé notre appel et à son président **Rémy Poignault pour sa magnifique contribution.**

Merci à Anna Alexis Michel qui a accepté de prendre la direction éditoriale de cette collection de livres « *Hommage* ». Son travail et son amitié ont permis de vous offrir cet ouvrage de qualité.

Merci enfin à mon mari qui m'a encouragée à me battre pour donner aux auteurs la visibilité qu'ils méritent et qui me pousse à dépasser les limites pour faire grandir plus encore cette plate-forme.

L'année 2023 est l'année du renforcement et de l'internationalisation du réseau, notamment avec la diffusion dans le monde entier des ouvrages, mais aussi avec la création de nouveaux rendez-vous et le lancement de notre maison d'édition. Si rien n'est possible sans vous, tout est possible avec vous. Merci de votre lecture et de votre soutien.

© Sandrine Mehrez Kukurudz

Hommage à Marguerite Yourcenar

Sandra Encaoua Berrih

S'il est un reliquaire
À peindre ou à sculpter

Annie Préaux
(Belgique)

Qu'y as-tu déposé
Quels os précieux
Ou *Souvenirs pieux*
Comme disait Marguerite

Dans cette ébauche de coffret
Quelques lignes invisibles
Une page en vers libres
Écrite contre tout

Boîte au trésor
Tombeau cadenassé
Privé de tous les feux
De la phosphorescence

Ce livre des secrets
Aux jolies cicatrices
Hurle le blanc cassé
Des appels silencieux

L'oubli teinté d'une encre
Un peu trop sympathique
Y noie quelque poisson
Dans ses jours de carton

Il est peut-être temps de glisser
Un regard dans cette claire prison
Dentelle au fin relief et mousse de papier
Où se lira ou pas une légende-vérité.

© Annie Préaux

Romaniste de formation, Annie Préaux est une autrice et animatrice d'ateliers d'écriture en Belgique. Elle a également fondé la *Compagnie du p'tit Thomas* avec laquelle elle a fait du théâtre-forum pendant une dizaine d'années. Elle a reçu le **Prix Charles Plisnier en 2022** (<u>Disparu d'un trait d'encre</u>).

Marguerite Yourcenar : une leçon de liberté

Rémy Poignault
(France)

« *On s'en fout, on n'est pas d'ici, on s'en va demain* » : c'est en ces termes que, selon Marguerite Yourcenar dans un entretien avec Josyane Savigneau, le père de l'auteur exprimait sa liberté ; et, à la question de la journaliste « *Et vous, vous sentez-vous libre ?* », elle répondait, en concluant l'entretien « *Il faut tâcher de l'être*[1] ». De fait, la quête de la liberté, d'une liberté sans doute plus profonde que la fuite en avant paternelle est primordiale pour Marguerite Yourcenar.

Déjà, le premier des personnages yourcenariens, Icare, dans *Le Jardin des Chimères*, publié en 1921[2], cherche à s'enfuir du labyrinthe de Crète, fût-il un « Jardin merveilleux » (*JC*, p. 11), pour atteindre, dans sa quête de l'absolu, le soleil ; il aspire à une liberté peut-être fallacieuse, puisqu'il succombe à sa passion, mais le dieu Hélios reconnaît la valeur de « l'effort humain » : « Gloire à celui qui tente, en un suprême élan, /De monter jusqu'au ciel lumineux et brûlant /Vers le rayonnement des clartés immortelles » (*JC*, p. 117). Et le dernier des personnages de fiction de Yourcenar, Lazare, dans *Une belle matinée*[3], part sur les routes avec

---

[1] Josyane Savigneau, « La Bienveillance singulière de Marguerite Yourcenar », *Le Monde des livres*, 7 décembre 1984, repris dans *Marguerite Yourcenar. Portrait d'une voix*, Maurice Delcroix éd., Paris, Gallimard, [p. 311-328] p. 327-328. Maurice Delcroix signale fort justement que dans *Archives du Nord*, auquel Yourcenar fait référence, la formulation paternelle est sensiblement édulcorée.

[2] Marg Yourcenar, *Le Jardin des Chimères*, Paris, Librairie académique Perrin, 1921.

[3] Marguerite Yourcenar, *Comme l'eau qui coule*, Paris, Gallimard, 1982.

une troupe de comédiens dans l'espoir d'une libre dissémination de son moi, sans distinction d'âge ni de sexe : « Et Lazare aussi serait toutes ces filles, et toutes ces femmes, et tous ces jeunes gens et tous ces vieux. […] Le petit Lazare était sans limites, et il avait beau sourire amicalement au reflet de lui-même que lui renvoyait un bout de miroir fiché entre deux poutres, il était sans forme : il avait mille formes » (*BM*, p. 1057, 1059[4]).

On retrouve semblable aspiration à la liberté chez les trois personnages majeurs de l'œuvre romanesque de Yourcenar. La longue lettre-confession d'Alexis (*Alexis ou le Traité du vain combat*, 1929) raconte le douloureux cheminement par lequel il est parvenu à accepter son identité sexuelle – ce qu'il dit de manière plus feutrée – et à révéler à son épouse pourquoi il la quitte. Il se sentait coupable d'inauthenticité devant elle et il libère ainsi sa conscience : « Seulement, j'aime encore mieux la faute (si c'en est une) qu'un déni de soi si proche de la démence » (*A*, p. 75). « N'ayant pas su vivre selon la morale ordinaire, je tâche, du moins, d'être d'accord avec la mienne : c'est au moment où l'on rejette tous les principes qu'il convient de se munir de scrupules » (*A*, p. 76). C'est la musique qui lui a permis de trouver la voie de la libération : « Je commençais à comprendre cette liberté de l'art et de la vie, qui

---

[4] Les références aux textes de Marguerite Yourcenar qui suivent sont faites, sauf indication contraire, d'après *Œuvres romanesques*, Paris, Gallimard, coll. "Bibliothèque de la Pléiade", 1991.

---

n'obéissent qu'aux lois de leur développement propre » (*A*, p. 74).

Hadrien (*Mémoires d'Hadrien*, 1951), qui échappe à ce type de complexes, recherche aussi, à sa manière, la liberté. C'est pourquoi, d'abord, il veut succéder à Trajan : « Je voulais le pouvoir. Je le voulais pour imposer mes plans, essayer mes remèdes, restaurer la paix. Je le voulais surtout pour être moi-même avant de mourir » (*MH*, p. 353). C'est au sommet de l'État qu'il pense se réaliser complétement. « Pour moi, j'ai cherché la liberté plus que la puissance, et la puissance seulement parce que, en partie, elle favorisait la liberté » (*MH*, p. 318). Il refuse comme moyen de liberté le renoncement, dont le stoïcien Épictète ou le brahmane hindou lui ont montré l'exemple, car il ne veut pas faire l'économie du matériel au profit de l'incorporel, mais devenir un des rouages de la grande machine universelle, à l'image de la conception du roi comme agent terrestre de Zeus développée par Dion Chrysostome : « J'entrevoyais autrement mes rapports avec le divin. Je m'imaginais secondant celui-ci dans son effort d'informer et d'ordonner un monde, d'en développer et d'en multiplier les circonvolutions, les ramifications, les détours » (*MH*, p. 398). Il peut même, sur un autre plan, communier en « une extase […] lucide » avec le cosmos en des instants privilégiés, comme au cours de la nuit qu'il passa dans le désert syrien à observer les étoiles (p. 403).

Il a développé tout au long de sa vie des méthodes de liberté, « une technique » : « je voulais trouver la charnière où notre volonté s'articule au destin, où la discipline seconde, au lieu de la freiner, la nature » ; « je m'efforçais d'atteindre par degré cet état de liberté, ou de soumission, presque pur » (*MH*, p. 318) ; et il en expose, entre autres, différentes formes : « liberté de vacances », « liberté de simultanéité », « liberté d'alternance », « liberté d'acquiescement » (*MH*, p. 318-319). Ses disciplines mentales lui permettent même de transgresser les frontières de l'individu, puisqu'il parvient, grâce à elles et aux leçons de la rhétorique, à pénétrer dans la pensée de ses interlocuteurs (*MH*, p. 396) et, par instinct, il « [s]e sen[t] guépard aussi bien qu'empereur » (*MH*, p. 289).

La liberté d'Hadrien est celle d'un homme qui a le moins possible d'attaches, même s'il est loin d'être indifférent : « […] je m'aperçus de l'avantage qu'il y a à être un homme nouveau, et un homme seul, fort peu marié, sans enfants, presque sans ancêtres, Ulysse sans autre Ithaque qu'intérieure. Il faut faire ici un aveu que je n'ai fait à personne : je n'ai jamais eu le sentiment d'appartenir complétement à aucun lieu, pas même à mon Athènes bien-aimée, pas même à Rome. Étranger partout, je ne me sentais particulièrement isolé nulle part » (*MH*, p. 382). Toutefois, des liens se créent, comme ceux nés de sa passion pour Antinoüs qui conduisent tout autant à la félicité qu'à l'abîme, d'où il ne pourra s'extraire que dans la douleur.

La liberté est une conquête sans cesse remise en cause. Hadrien est confronté à des forces hostiles : la guerre de Judée lui révèle que l'édifice de paix qu'il cherche à construire est fragile et que la pérennité de l'empire romain est très menacée. Il doit aussi faire face à la mort de l'être aimé et à sa propre maladie. C'est pourquoi il lui faut apprendre à demeurer libre face à l'adversité. Devant les souffrances occasionnées par la maladie, il a songé au suicide comme moyen suprême de liberté, dans la tradition stoïcienne : « Ma mort me semblait la plus personnelle de mes décisions, mon suprême réduit d'homme libre ; je me trompais » (*MH*, p. 505) ; il renonce finalement au suicide pour de multiples raisons et, en particulier, pour vivre jusqu'au bout l'aventure humaine : « Je ne refuse plus cette agonie faite pour moi […]. J'ai renoncé à brusquer ma mort » (*MH*, p. 505), bénéfice de la « liberté d'acquiescement ».

Dans *L'Œuvre au Noir* (1968), Zénon, le bâtard, s'affranchit le plus qu'il peut des pesanteurs de la famille, des institutions, des préjugés de toute sorte et se lance sur les routes pour parcourir le « libre univers » à la recherche de « *Hic Zeno* », lui-même (*ON*, p. 564-565). Mais le monde des hommes étant ce qu'il est, il est amené à cacher ses opinions et à s'exprimer par sous-entendus en devant se satisfaire d'une sorte d'écriture cryptée (*ON*, p. 640). C'est seulement en des moments privilégiés – ses conversations avec le prieur des Cordeliers – qu'il peut laisser tomber le fard, « la cellule » du prieur étant « paradoxalement » « le seul lieu de la ville où lui parût brûler une pensée libre » (*ON*, p. 679). Quand il entre dans la phase de dissolution de l'œuvre au noir dans le chapitre « L'Abîme », il s'aperçoit qu'il n'a pas été aussi facile de se libérer des routines qu'il le croyait dans sa jeunesse et qu'il a passé toute sa vie à lutter pied à pied contre elles ; on est toujours plus ou moins prisonnier de son temps. « On n'est pas libre tant qu'on désire, qu'on veut, qu'on craint, peut-être tant qu'on vit » (*ON*, p. 693). Il entend alors se libérer des « passions si prenantes [qui] lui avaient paru une part inaliénable de sa liberté d'homme : maintenant, c'était sans elles qu'il se sentait libre » (*ON*, p. 695). Après cette phase d'œuvre au noir, Zénon, détaché de toute ambition et de toute crainte, et plus largement, détaché de soi, se trouve plus libre (*ON*, p. 703). Il connaît même un moment privilégié, quand, ayant renoncé à s'embarquer pour fuir, il se baigne sur la plage d'Heyst[5], se fondant dans l'immensité où l'être se passe du langage : « Nu et seul, les circonstances tombaient de lui comme l'avaient fait ses vêtements. Il redevenait cet Adam Cadmon des philosophes hermétiques, placé au cœur des choses, en qui s'élucide et se profère ce qui partout ailleurs est infus et imprononcé. Rien dans cette immensité n'avait de nom » (*ON*, p. 766).

Mais, devant la folie des hommes qui condamne au bûcher toute pensée libre, Zénon, pour ne pas se renier, choisira le suicide et, à l'ultime moment, « toute angoisse avait cessé : il était libre » (*ON*, p. 833), liberté qui se définit en quelque sorte négativement, bien proche du suicide stoïcien permettant de garder son autonomie devant l'inéluctable.

---

[5] Voir Maurice Delcroix, « La Promenade sur la dune », *Travaux de Littérature*, XXVIII, 2015, p. 203-214.

La liberté du dernier grand personnage de fiction de Yourcenar, Nathanaël (*Un homme obscur*, 1982) est sans doute, paradoxalement, la plus profonde. Ce n'est pas celle de l'homme de pouvoir, maître du monde, surmontant l'adversité par la *patientia*, ni celle de « l'aventurier du savoir » (*ON*, p. 564) qui n'a plus d'autre recours que le suicide. Nathanaël n'a aucune prise sur son destin : croyant avoir tué au cours d'une rixe un bourgeois qui harcelait son amie Janet, il s'embarqua clandestinement et parcourut le monde pendant plusieurs années, non par choix délibéré pour le gouverner, comme Hadrien, ou pour acquérir la connaissance, comme Zénon, mais par nécessité, pour échapper à la justice ; mais cette nécessité n'en était pas une, puisque, quand il revint, il apprit que celui qu'il croyait avoir tué était bien vivant. Nathanaël est le jouet des événements et des êtres : dépouillé de l'héritage paternel par son oncle Élie, victime de l'amour qu'il porte à la prostituée Saraï, père hypothétique de Lazare dont il laisse l'éducation à la Judenstraat, il se caractérise avant tout par sa passivité, il subit ; mais c'est en cela même qu'il trouve sa liberté, une liberté d'acquiescement ; cet homme simple, qui n'a que des bribes de culture, est doué d'une intelligence et d'une sensibilité remarquables. Nathanaël parvient naturellement à une véritable dilution de sa personnalité, atteignant, sans le savoir, une sagesse d'inspiration bouddhique : « Mais, d'abord, qui était cette personne qu'il désignait comme étant soi-même ? [...] Il ne se sentait pas, comme tant de gens, homme par opposition aux bêtes et aux arbres ; plutôt frère des

unes et lointain cousin des autres » (*HO*, p. 1035).
Finissant ses jours dans la solitude d'une île frisonne, il
n'en demeure pas moins en contact avec le Tout, non
pas, comme Hadrien s'imaginant être un rouage
pouvant contribuer au bon ordre du cosmos, mais
comme simple élément au même titre que les animaux
et les végétaux, mourant dans un creux avec, dans le
voisinage, des oiseaux, des moutons sauvages et au-
dessus de lui le ciel, qui n'offre pas à sa vue,
contrairement à Hadrien dans le désert syrien, une
connaissance précise des « mouvements célestes »
(*MH*, p. 403), mais bien plus modestement les
métamorphoses improbables des nuages.

Yourcenar, comme ses personnages, s'est
efforcée d'être libre non sans difficulté parfois, comme
celles causées par sa passion amoureuse univoque pour
André Fraigneau : « Où me sauver ? Tu emplis le
monde. Je ne puis te fuir qu'en toi » (*F*, p. 1097) ; « J'ai
beau changer : mon sort ne change pas. Toute figure
peut être inscrite à l'intérieur d'un cercle » (*F*, p. 1098).
C'est par l'écriture même de *Feux* et le recours au mythe
inscrivant l'aventure individuelle dans l'universel qu'elle
parviendra à conjurer l'épreuve pour retrouver la
liberté.

Yourcenar entend être libre de toute entrave.
Française née en Belgique, expatriée aux États-Unis lors
de la Seconde Guerre Mondiale, devenue Américaine et
ayant recouvré la nationalité française à l'occasion de
son élection à l'Académie française, elle est une
citoyenne du monde, un monde qu'elle n'a de cesse de
parcourir, voulant, comme Zénon, faire « au moins le

tour de sa prison »[6] (*ON*, p. 564). Très attachée à la culture classique, faisant d'Icare le représentant de la quête de l'absolu, écrivant un essai sur Pindare, utilisant les potentialités du mythe grec dans le recueil de proses poétiques *Feux* ainsi que dans trois de ses pièces de théâtre, *Qui n'a pas son Minotaure ?*, *Le Mystère d'Alceste* et *Électre ou la Chute des masques*, traduisant, dans *La Couronne et la Lyre* (1979), bon nombre de poèmes grecs antiques, dont elle s'était imprégnée pour reconstituer la culture d'Hadrien, elle ne se cantonne pas à la littérature gréco-romaine, non plus, d'ailleurs, qu'à la littérature classique française ; sa bibliothèque de Petite Plaisance et ses essais ou traductions en témoignent. Il y a dans la culture de Yourcenar une aspiration à l'universel : elle s'intéresse à la Chine et au Japon dans *Nouvelles orientales*, au Japon dans son essai sur Mishima[7] et dans sa traduction de *Cinq nô modernes* de cet auteur[8], ou encore dans ses essais du *Tour de la prison*, mais aussi à la littérature anglo-saxonne, à Thomas Mann, à Borges, à Selma Lagerlöf ; elle traduit Constantin Cavafy[9] (ce qui est encore la Grèce, mais vue par le prisme d'un Grec d'Alexandrie quasi-contemporain de l'auteur), Virginia Woolf[10], Henry James[11], la poétesse

---

[6] On sait aussi que *Le Tour de la prison* est le titre du recueil d'essais relatifs principalement à son voyage au Japon en 1982 qui fut publié à titre posthume en 1991.

[7] Marguerite Yourcenar, *Mishima ou la Vision du vide*, Paris, Gallimard, 1980.

[8] Yukio Mishima, *Cinq Nô modernes*, trad. Marguerite Yourcenar et Jun Shiragi, Paris, Gallimard, 1984.

[9] Marguerite Yourcenar, Constantin Dimaras, *Présentation critique de Constantin Cavafy 1863-1933, suivie d'une traduction intégrale de ses Poèmes*, Paris, Gallimard, 1958.

[10] Virginia Woolf, *Les Vagues*, Paris, Stock, 1937.

[11] Henry James, *Ce que savait Maisie*, Paris, Robert Laffont, 1947.

américaine Hortense Flexner[12], le romancier et dramaturge noir américain James Baldwin[13], des Negro Spirituals[14], des Blues et Gospels[15] ; elle montre aussi son intérêt pour la culture et le sort des Abenakis, premiers occupants humains de l'Île des Monts Déserts, dans l'album d'historiettes illustrées composées par des enfants qu'elle traduit et préface, *Le Cheval noir à tête blanche*[16].

Yourcenar s'est tournée sur le tard, à l'occasion de la rédaction du *Labyrinthe du monde*, vers ses origines flamandes, mais elle ne se sent pas plus flamande que française ; elle se dit « Française de culture », mais pour aussitôt ajouter qu'elle ne saurait s'y circonscrire : « Mais la culture française, comme toutes les cultures, petites ou grandes, se sclérose et s'étiole, dès qu'elle refuse de faire partie de la culture universelle. J'ai plusieurs cultures, comme j'ai plusieurs pays. J'appartiens à tous », dit-elle dans ses entretiens avec Matthieu Galey (*YO*, p. 274)[17].

Yourcenar se défie aussi de toutes les idéologies et, si elle n'est pas insensible aux problèmes de son temps, comme la guerre du Vietnam, la question noire, la maltraitance animale ou le saccage de la planète, elle n'entend se lier à aucun parti, aucune chapelle : « L'âge

---

[12] *Présentation critique d'Hortense Flexner suivie d'un choix de poèmes*, Paris, Gallimard, 1969.

[13] James Baldwin, *Le Coin des "Amen"*, Paris, Gallimard, 1983.

[14] *Fleuve profond, sombre rivière*, Paris, Gallimard, 1964.

[15] Marguerite Yourcenar (photographies de Jerry Wilson), *Blues et Gospels*, Paris, Gallimard, 1984.

[16] *Le Cheval noir à tête blanche*, Paris, Gallimard, 1985.

[17] Marguerite Yourcenar, *Les Yeux ouverts*, entretiens avec Matthieu Galey, Paris, Le Centurion, 1980 (désormais *YO*).

des étiquettes politiques me semble dépassé ou à dépasser », (*YO*, p. 121). Elle ne veut se laisser enfermer dans aucune catégorie, n'en déplaise aux actuels "wokistes" : « Je suis contre le particularisme de pays, de religion, d'espèce. Ne comptez pas sur moi pour faire du particularisme de sexe. Je crois qu'une bonne femme vaut un homme bon ; qu'une femme intelligente vaut un homme intelligent » (*YO*, p. 283). Pour elle, la question du genre ne compte pas ; non plus que celle de l'espèce : chez les animaux, il s'agit de « la même vie » que celle des hommes et d'émotions semblables : « La fauvette pleure ses petits comme Andromaque ; la chatte joue avec la souris comme Célimène avec ses amants » (*YO*, p. 319). Les frontières du moi seraient encore une restriction et Yourcenar entend les abolir : dans son *Discours de réception à l'Académie française* (p. 4), elle évoque - dans le sillage de la pensée bouddhique où le moi est impossible à saisir comme une identité solide, car de passage et pris dans tout un réseau d'interactions avec l'univers - « ce moi incertain et flottant, cette entité dont j'ai contesté moi-même l'existence » et son "autobiographie" si singulière, *Le Labyrinthe du monde*, tend à élargir/diluer le moi à l'infini.

© Rémy Poignault[18]

---

[18] Professeur émérite de langue, littérature et civilisation latines, Université Clermont Auvergne, CELIS. Président fondateur de la Société Internationale d'Études Yourcenariennes (https://www.yourcenariana.org). Président du Centre de recherches André Piganiol-Présence de l'Antiquité. Associé correspondant régional de la Société Nationale des Antiquaires de France. Membre de la Société des Études Latines.

Mémoires de nous

Anna Alexis Michel
(États-Unis d'Amérique)

Ma chère Marguerite,

Qu'il me soit permis, sans que je trouble votre juste repos, de vous parler de nous. De souvenirs de nous. De ces souvenirs que vous n'avez pas, puisque vous ignorez jusqu'à mon existence. Ces souvenirs qu'il me brûle pourtant, depuis votre absence omniprésente, de partager.

La première image de vous, celle du jour où vous êtes entrée dans ma vie ? Je vous y vois assise chez vous, face à moi et pourtant si loin, de l'autre côté de l'Atlantique, dans le Maine. À la table, ronde, enfantine, théâtrale, malicieuse, tout à la fois forcément, posée précieuse parmi vos bibelots, vous répondiez à Bernard Pivot, cet homme dont, avec mon père, nous suivions chaque apparition télévisuelle avec la dévotion réservée aux cérémonies[19].

Je me souviens de la corde élimée du tapis sous mes cuisses, des pampilles de cristal dont le tintement régulier - chaque fois qu'un véhicule passait sur la trémie du viaduc, soit presqu'à chaque seconde du battement de mon cœur -, donnait à notre petit salon bourgeois l'illusion de fêtes lointaines, gaies, presqu'oubliées, et pourtant toujours rémanentes.

---

[19] Cet entretien réalisé chez Marguerite Yourcenar pour l'émission *Apostrophes* et diffusé sur la chaîne française Antenne 2 le 07 décembre 1979 est disponible, avec celui tourné en studio le 16 janvier 1981, sur INA Culture https://www.youtube.com/watch?v=zPso1bWh3DY.

Sur votre visage, je n'ai vu ni les ans ni les rides, j'ai vu la malice de vos yeux, l'intelligence de votre regard. J'ai entendu, sous la voix grave, l'ironie des choses importantes. Sous la retenue feinte, la férocité du raisonnement. Et sous le corps large, le cœur gros.

Il y a pour toujours en nous ce qui reste de notre enfance, celle des plaines de Flandres. Vous, celle des bois, moi, celle des dunes. Vous, celle du Mont Noir, moi, celle des plages sauvages s'étendant sur l'océan noir et moutonneux et dont l'horizon obstinément hypnotique me dictait, sans que je le sache, qu'il faudrait, pour survivre que, comme vous, je le traverse un jour.

C'était en 1979, j'avais treize ans et je lisais toute la journée, et tous les jours, comme j'en avais pris l'habitude depuis l'âge de six ans. Un livre par jour. J'avais, - je l'ai déjà raconté en d'autres lieux, mais il faut que je vous l'explique ici -, passé depuis longtemps, avec ma terrible et formidable grand-mère, un pacte : je finirais mon assiette le mercredi en échange d'un livre. La pauvre, craignant que l'anorexie ne m'emporte, avait donc entrepris de me gaver avec une régularité obsessive et tandis que je grossissais, les pages se tournaient une à une.

Je trichais d'ailleurs, finissant le livre le mercredi même, obligeant ma Granny à me laisser en emporter un autre. Peut-être moins de mon âge, mais peu importe. Puisque j'avais mangé, je lirais.

Dans la cour, pieds nus, je lisais assise sur les marches, craignant Hadrien, notre impérial coq, si majestueux et si envahissant qu'un beau matin de printemps, il fallut lui tordre le cou sous les larmes versées par son bourreau, le jardinier qui avait été aussi son seul ami.

Un jour, un livre apparut qui portait mon prénom et je suis devenue *Anna, soror*. C'était deux ans plus tard. Ma sœur avait-elle lu votre livre, l'avait-elle vu entre mes mains ? Finalement, peu importe, je n'en sais rien, tout est possible. Un jour et pour toute l'éternité, elle n'utiliserait désormais plus que ces mots pour me désigner.

— *Ave, Anna soror*, avait-elle dit. Dit-elle toujours.
— Bonjour, ma sœur.

Suis-je votre Anna, Marguerite ? Bien sûr que non. J'aurais adoré, mais je n'étais pas une héroïne, juste une adolescente au cœur et au corps négligés qui se battait avec les garçons dans la cour d'école. Et pourtant. Comme votre héroïne, j'avais perdu ma mère. Comme votre héroïne, mon père, terrassé non par la beauté moresque, mais par le chagrin et le travail, nous oubliait parfois.

Il me manquait pourtant ce frère, ce presque jumeau, ce double que vous vous êtes inventé. Ne protestez pas, je le sais : Anna est votre préférée. N'avez-vous pas sans cesse réécrit son histoire[20] ? Parce

---

[20] Le texte, depuis une première version en 1925, a connu mille retouches dont Marguerite Yourcenar a toujours minimisé l'importance insistant sur la permanence de l'histoire. Voir à ce sujet *Le Discours de la variante, Approche sémiotique de la genèse d'*Anna, soror... *de Marguerite Yourcenar,* Paris, L'Harmattan, 2001.

qu'elle porte en elle ce désir impossible de son double masculin. De la fusion avec ce presque double qui, même mort, ne la quitte pas. N'avez-vous pas écrit que, pendant les quelques semaines qu'avait duré l'écriture, vous aviez, je vous cite : *« vécu sans cesse à l'intérieur de ces deux corps et de ces deux âmes, me glissant d'Anna en Miguel et de Miguel en Anna, avec cette indifférence au sexe qui est, je crois, celle de tous les créateurs en présence de leurs créatures*[21] *»*.

Mes parents voulaient un garçon, ils avaient eu une myriade de filles. Il ne te manque que la moustache, avait dit mon père. Elle n'a heureusement jamais poussé, mais il y a depuis aussi un peu de Don Miguel en moi. D'ailleurs, c'est mon nom de famille. Pourquoi l'avez-vous choisi, Marguerite ?

J'ai appris le grec et le latin. Comme vous. Comme vous, mes premiers émois furent grecs et il fallut longtemps pour que j'arrive à rêver d'un chez moi qui ne soit pas hellène. Comme vous, j'ai passé, moi pensive et caressant les chats, de longues heures contemplatives sur les marches de toutes les acropoles. Comme vous, j'ai exploré les remparts de l'ancienne Mogador, où il semble que c'est le vent lui-même qui susurre le nom d'Essaouira.

Mais moi, ce vent, je l'ai tellement aimé que je l'ai laissé démonter, démêler, emmêler ma longue

---

[21] Marguerite Yourcenar tient à contrôler le narratif sur son œuvre. Elle explique chacune de ses œuvres dans une préface, mais dans le cas d'*Anna, soror*, c'est dans une très longue postface datée de 1981 qu'elle décide de le faire. Cette postface est disponible intégralement dans la plupart des éditions récentes et notamment dans l'édition suivante : *Anna, soror...*, *Œuvres romanesques*, Paris, Gallimard, Bibliothèque de la Pléiade, 1991, p. 935.

chevelure, l'essorer et la tordre jusqu'à ce qu'un fil d'or natif des Flandres s'en aille très loin par-delà les Açores.

Vous n'avez jamais voulu être un mentor et je déteste les idoles. Il serait donc contraire à nos natures respectives que je vous dise que vous m'avez inspirée. Ou que je vous ai suivie. Il y a simplement en filigrane de ma vie, la vôtre, obsédante. De nos villes à nos îles, vous la froide, moi la chaude, il y a ce fil rouge inexplicable, que je ne romprai pas.

Mon père a franchi le Styx cette année. Il a choisi pour épitaphe *Odie mihi cras tibi,* nous signifiant la finitude de notre condition et la certitude de mon destin de mortelle.

Pourtant, depuis vous, je sais que l'immortalité n'est pas réservée aux héros grecs ou aux vieux auteurs endimanchés et chauves. Les femmes de lettres aussi peuvent être immortelles. Aux funérailles de mon père, ma fille a lu un poème[22]. Celui que Jean d'Ormesson[23] trouvait admirable. Il est de vous. Il commence par ces vers : " *Vous ne saurez jamais que votre âme voyage tout au fond de mon cœur, un doux cœur adopté. Et que rien, ni jamais, d'autres amours ni l'âge, ne feront jamais que vous n'ayez été.*"

© Anna Alexis Michel[24]

---

[22] Rédigé en souvenir d' André Fraigneau, écrivain et éditeur chez Grasset, dont Marguerite Yourcenar était, sans espoir de retour, tombée amoureuse.

[23] On peut entendre Jean d'Ormesson en lire un extrait sur https://www.dailymotion.com/video/x6b3udh.

[24] Artiste plurielle à la fois auteure, dramaturge, poète, plasticienne et photographe artistique, Anna est la directrice éditoriale de cette collection.

Acadie/Acadia

Martine L. Jacquot
(Acadie - Canada)

Le vent souffle sur mon île d'hiver
blizzard aux voix multiples
mêlant cris d'oiseaux migrateurs et
échos des humains bâtisseurs
échoués non loin de mon rivage
il y a plus de quatre cents ans
important la langue française en ce coin
d'Amérique du Nord.
Ils sont venus pour rester et
Acadie l'ont-ils baptisé.
Il faut toujours un coup de folie pour bâtir un destin
avez-vous dit.

Est-ce une semblable folie qui m'a conduite
en ces mêmes terres
pour y chanter à mon tour les mots de ma mère?
Est-ce ce même élan qui vous avait jadis amenée
sur une autre île
si près de la mienne
dans le parc Acadia?
Tous nous serions transformés si nous avions le courage
d'être ce que nous sommes
avez-vous écrit.

Transformée, je suis de m'être abreuvée
à tant de mots
d'avoir écouté danser tant de vagues
ces flots allant de vous à moi à travers le temps
à travers le golfe du Maine
porteurs d'histoires
dans un mouvement incessant.
Transformées, nous sommes d'avoir écouté nos folies.

© Martine L. Jacquot[25]

---

[25] Docteure en lettres, femme de lettres polygraphe prolifique, son œuvre s'inscrit dans la littérature acadienne. Elle est poétesse, romancière, nouvelliste, essayiste et auteure pour la jeunesse. La plupart de ses œuvres se situent à notre époque, mais elle a aussi abordé le roman historique. Elle est titulaire de nombreux prix dont le Prix Européen de l'ADELF (Association des écrivains de langue française) Mention spéciale 2007 avec *Au gré du vent*.

La dame d'Essaouira

Jean Jauniaux
(Belgique)

Je ne sais quelle détresse mélancolique avait mené mes pas jusqu'aux rivages d'Essaouira.

Marchant à la lisière de l'Atlantique sur le sable durci, je donnais à ma rêverie l'espace et le souffle dont elle se rassasiait en songeant au beau nom de Mogador qui fut, naguère, celui du port marocain. Mon exil se prolongeait dans la ville où la pandémie m'avait isolé des miens. Le couvre-feu venait d'être levé et d'autres errants allaient et venaient sur les remparts, la plage ou dans les ruelles de la Casbah.

D'où vient qu'un nom transforme l'imagerie qu'inspire un lieu et lui donne une histoire différente. Les légendes de Mogador me semblent posséder cette éternité caverneuse - à laquelle j'aspirais sans doute alors - tandis que le nom d'Essaouira chantait une allégresse ensoleillée que je n'avais pas encore suffisamment apprivoisée pour m'y réchauffer le cœur.

Pour ce voyage que j'avais décidé d'entreprendre comme une fuite, je n'avais pris pour bagage qu'un livre dont le titre et l'ampleur semblaient s'adapter à mon état d'esprit. Il se trouvait sur l'étagère de la chambre d'hôtel où j'avais résolu de m'installer, un modeste établissement au pied des murailles et à quelques encablures de l'agitation du port de pêche dont, de ma chambre, j'entendais la rumeur.

Je songeai que ces remparts traçaient une frontière symbolique entre Mogador et Essaouira, entre la part de légende et l'agitation du présent, entre la fiction et la réalité, entre la poésie et la formulation objective des choses.

Je rejoignais la vieille ville lorsque mon regard fut attiré par la silhouette d'une femme dont le voile transparent et léger volait au vent. Elle s'était immobilisée face à l'océan qu'elle observait à travers le créneau désarmé de *Bab el-Marsa*, la porte de la marine. J'ai eu le sentiment qu'elle m'observait tandis que je m'approchais des remparts. Elle ressemblait à la photographie qui ornait la quatrième de couverture du roman dont je m'apprêtais à recommencer la lecture dès mon retour à l'hôtel. Elle avait la silhouette massive que l'âge donne aux êtres trop souvent assis devant le texte à écrire. Lorsqu'un souffle de vent soulevait son voile, elle le ramenait autour de son cou à la manière des femmes d'Orient.

Je regagnai les remparts en hâtant le pas.

Secrètement, j'espérais que « la romancière » serait encore là, immobile face à l'océan et que je pourrais lui adresser quelques mots. Je rêvais que cette rencontre serait de la même qualité que celle qui valut au reporter de guerre Patrick Chauvel de la rencontrer lorsqu'elle fuyait la presse le jour où elle apprit son élection à l'Académie française. Elle avait invité Chauvel, plutôt que de prendre un cliché à la sauvette, à prendre le thé et à bavarder avec elle avant qu'elle ne lui accorde d'être photographiée par lui. En gravissant les marches de pierre pour rejoindre le chemin de ronde, je songeai à cette image offerte à l'objectif du visage espiègle et complice de la future académicienne.

Je ne retrouvai pas la dame au voile blanc sur les remparts. J'appris quelques jours plus tard que c'était bien elle pourtant.

Ce séjour à Essaouira, en 1987, avait été le dernier de Marguerite Yourcenar.

Était-elle enfin libre ? Me demandai-je en relisant cette phrase, soulignée lors d'une première lecture de mon exemplaire de *L'Œuvre au Noir* : « On n'est pas libre tant qu'on désire, qu'on veut, qu'on craint, peut-être tant qu'on vit. »

© Jean Jauniaux[26], le 25 février 2023

---

[26] Écrivain et journaliste littéraire, Jean Jauniaux écrit nouvelles, poésie et romans. Ses livres ont été traduits (en italien, ukrainien, espagnol, roumains). Collaborateur du journal *Le Monde*, il publie aussi des chroniques littéraires dans différents journaux et revues littéraires (*Ulenspiegel, La Revue générale*). Homme de radio, il pratique l'« écriture sonore » dans de nombreuses interviewes, mises en ligne sur ses différents sites. Il est président honoraire du centre belge de *PEN Club International*.

Rencontre avec Marguerite Yourcenar

Anamaria Lupan
(Roumanie)

Pour paraphraser Marguerite Yourcenar, je puis dire que si je ne l'ai pas rencontrée en chair et en os, j'ai fait mieux : j'ai rencontré son œuvre que j'ai lue et relue. En effet, la découverte de ses essais a marqué un tournant dans ma vie ; je les ai trouvés par hasard ou peut-être est-ce le recueil *Sous bénéfice d'inventaire* qui est venu à ma rencontre. Ce qui est sûr, c'est qu'à partir du moment où je l'ai lu, j'ai été interpellée par la richesse des idées, par le style clair et rigoureux de l'écriture qui n'empêche pas néanmoins le rythme poétique de se faire entendre ; cette harmonie entre l'objectivité et la poésie m'a surprise et m'a séduite ; et puis j'ai commencé à me lancer dans l'univers littéraire de l'écrivaine.

J'ai continué avec d'autres recueils d'essais : *Le Temps, ce grand sculpteur*, *En pèlerin et en étranger*, *Mishima ou la Vision du vide*, *Le Tour de la prison*. Yourcenar est devenue ma compagne : elle était avec moi à la bibliothèque, à la maison ou pendant mes voyages. Je dois avouer que parfois, je me sentais éblouie par la variété des sujets abordés dans les essais yourcenariens; et, par conséquent, je faisais des recherches ou, autrement dit, j'allais plus loin dans la lecture : je lisais d'autres livres pour mieux comprendre la problématique traitée dans le texte de départ. En lisant les textes yourcenariens, un univers entier prenait contour pour moi : j'ai découvert le bouddhisme, la civilisation japonaise, les « gospels » et les « negro spirituals » et bien d'autres sujets. Yourcenar m'a aidée à me former : elle a suivi de son regard attentif mon parcours intellectuel. Je pourrais même dire que j'ai commencé à me sentir un membre de la famille yourcenarienne : je lis et je relis ses textes, je reprends et je partage ses idées avec les autres lors des conférences auxquelles je participe, et, en outre, sa manière de vivre m'inspire au quotidien ; j'essaie, à mon tour, de donner un coup de main aux animaux et je suis une citoyenne responsable : je protège la Planète par mes éco-gestes. De plus, tout en suivant ses conseils, je refuse parfois une partie de mon siècle : tout ce qui tient de l'indifférence, de la superficialité et de l'égoïsme.

Autrement dit, Marguerite Yourcenar a été pour moi, malgré elle (puisqu'elle haïssait tout ce qui tient à la pédagogie[27]), un vrai maître. Elle m'a ouvert les yeux sur la beauté du dialogue qui se tisse entre les œuvres, voire les arts, de tous les temps. Après avoir lu *Sous bénéfice d'inventaire*, je me suis posé la question du fil rouge qui relie les écrivains auxquels l'essayiste dédie des textes, à savoir Agrippa d'Aubigné, Selma Lagerlöf, Constantin Cavafy et Thomas Mann. Je savais que, selon l'écrivaine, c'est « la vie qui les unit » mais je voulais mieux comprendre ce que représente dans ce cas, « la vie ». Tout en suivant les conseils de Yourcenar, j'ai rapproché les textes au lieu de les séparer, et j'ai constaté que l'écrivaine nous y offre un autoportrait en

---

[27] Toutefois dans sa correspondance elle montre qu'elle aime bien donner des leçons à de jeunes correspondants.

différé. Ses lectures et, mieux encore, sa manière de voir la critique littéraire, nous fournissent une image de sa poétique et de ses principes littéraires ; d'ailleurs, dans sa correspondance, elle exprime sa passion pour les masques littéraires : « Je n'aime pas parler de moi, ou plutôt certains principes m'en empêchent. Je ne le fais que dans mes livres, et encore en prenant ces distances que sont les personnages du roman ou le langage impersonnel de l'essai[28] ». Parler de soi par le biais des voix des autres représente une leçon essentielle pour notre siècle enclin à un égoïsme presque maladif. Cette manière d'envisager les choses pourrait nous aider à nous approprier davantage des valeurs essentielles pour une vie sociale saine, comme la tolérance, l'ouverture d'esprit et le soin pour autrui.

Le « je » devient, dans l'optique yourcenarienne, une commodité grammaticale ; chaque individu correspond à un entrelacement d'idées, à un enchevêtrement d'affects et d'émotions, étant donné que tout le monde hérite, à son insu, parfois, de tout l'univers : « nous sommes les légataires universels, nous héritons de tout le monde, et toutes les prétentions qu'on pourrait avoir deviennent naïves en présence du fait que c'est du pays tout entier qu'on hérite [29]».

Grâce à cette mystique de l'amitié qui unit les siècles, les peuples et les cultures, la traduction et la

---

[28] *Lettres à ses amis et quelques autres*, édition établie, présentée et annotée par Michèle Sarde et Joseph Brami avec la collaboration d'Élyane Dezon-Jones, Paris, Éditions Gallimard, 1995, p. 276-277.
[29] *Marguerite Yourcenar. Entretiens avec des Belges, Bulletin du Centre international de Documentation Marguerite Yourcenar*, n° 11, Michèle Goslar (éd.), Bruxelles, 1999, p. 167.

rédaction des ouvrages deviennent synonymes : « C'est le même acte. On traduit toujours. En ce moment, pour le livre que j'écris, je tâche de traduire mes impressions, mes souvenirs, dans une langue qui sera comprise par le lecteur. Il y a traduction d'un texte en moi que je ne traduirai jamais parfaitement ou en entier. C'est absolument la même chose quand nous traduisons des auteurs que nous avons choisis parce qu'ils nous sont chers. Qu'importe qu'une belle œuvre soit d'un autre ou de nous ! La question est toujours celle de la moindre infidélité possible. Et, infidèle, on l'est toujours un peu[30] ». Cette recherche de la fidélité reprend en filigrane la question de l'emploi des masques pour parler de soi ; dans les deux cas, l'enjeu est l'objectivité. De plus, celle-ci correspond à la volonté de faire voir le plus possible le réel, objectif essentiel d'un bon écrivain : « Je dois dire que je constate avec de plus en plus d'impatience combien nous sommes prisonniers des mots, des systèmes, de nos façons de voir et de penser, à quel point l'image directe de la réalité est rare. À mon avis, c'est elle qui fait les très grands artistes[31] ».

Voir. Voir le réel tel qu'il est. Sans embellissement, sans ajouts, sans détournement. Les œuvres yourcenariennes m'ont appris à voir, à mieux voir, à voir en profondeur. Et cela, parce qu'elle n'érige pas de murs entre les nations, entre les écrivains et les écrivaines, entre les époques. En échange, dans ses

---

[30] *Portrait d'une voix*, Maurice Delcroix (éd.), Paris, Éditions Gallimard, coll. « Cahiers de la NRF », 2002, p. 319.
[31] *Ibid.*, p. 195.

---

textes, on trouve un regard qui creuse, un regard profond qui nous invite à aller au-delà du visible. Traiter des écrivains appartenant à des siècles différents et à d'autres espaces géographiques, nous montre que, pour Yourcenar, il n'y a pas de différences notables dans la littérature étant donné que « l'humanité est une. [...] Les grands livres – qu'ils soient français, allemands, espagnols, chinois ou japonais – touchent tous aux mêmes grandes questions de notre temps. Je crois donc qu'il ne faut de chauvinisme d'aucun ordre[32] ». Si les arts constituent une synthèse des émotions, c'est dans une certaine mesure parce que ceux-ci sont faits pour les hommes, pour l'humanité. La pensée yourcenarienne, une pensée « qui intègre[33] », encourage vivement la mise en place d'une communauté fondée sur la confiance, le respect et l'amitié. Un beau projet pour notre monde qui continue à faire la guerre à celui qui n'est pas comme lui, qui est différent.

Ensuite, il faut mentionner que, pour se forger une image juste de l'œuvre d'un écrivain, Yourcenar propose des approches exhaustives : « C'est de plus en plus une préoccupation chez moi que d'essayer d'évaluer l'œuvre d'un écrivain en tenant compte de tous ses *components* [*sic*], comme j'ai essayé de le faire pour Cavafy, Mann, ou Selma Lagerlöf[34] ». La volonté

---

[32] Jacques Chancel, *Radioscopie. Entretiens radiophoniques avec Marguerite Yourcenar*, France Inter, 11-15 juin 1979, Monaco, Éditions du Rocher, 1999, p. 134.
[33] Rémy Poignault, « Marguerite Yourcenar et l'Orient » *in Marguerite Yourcenar et l'Orient, Bulletin de la Société Internationale des Études Yourcenariennes*, Rémy Poignault (éd.), n° 16, Tours, mai 1996, p. 31.
[34] *Lettres à ses amis et quelques autres, op. cit.*, p. 541.

de ne pas trahir l'œuvre à examiner, de garder son authenticité, transparaît encore une fois ; et celle-ci représente une leçon précieuse pour notre époque où on a tendance à oublier autrui pour imposer une grille de lecture ou pour laisser entendre notre propre voix.

La créatrice de Zénon nous apprend toutefois les avantages de bien voir ; une fois qu'on a fait le tour des œuvres d'un auteur, nous avons une image d'ensemble de son univers artistique et nous arrivons à mieux comprendre les liens qui s'y tissent. De plus, la confrontation avec une autre vision sur le monde nous aide à mieux nous définir. La connaissance d'autrui devient, par conséquent, une connaissance de soi. De même, l'imprégnation de l'œuvre d'autrui permet à l'écrivaine d'améliorer ses outils littéraires, ses techniques, et d'élargir son horizon culturel.

Encore une fois, le dialogue entre ce qu'on appelle l'individualité et l'altérité devient fructueux : la collaboration et la communication sont des opportunités pour chacun. Comprendre autrui, entrer en « sympathie » avec lui, nous permet de vivre plusieurs vies à la fois.

J'ai essayé de vivre les vies articulées par Marguerite Yourcenar dans ses livres ; j'en suis sortie beaucoup plus riche que je ne l'étais. En outre, j'ai eu la chance de m'imaginer la vie paisible qu'elle menait sur l'île des Monts Déserts, à Petite Plaisance, entourée de ses chiens, des oiseaux, de la nature et de l'océan, lors de mon séjour aux États-Unis, en 2017. J'ai été conquise par le calme de la région, par les liens forts qui y existent entre la nature et les gens. La brise de l'océan, les crépitements de la forêt, les chants des oiseaux : tous les éléments de la nature étaient dans une relation harmonieuse.

J'aurais bien aimé rencontrer l'« amie des oiseaux » ; mais je me réjouis de pouvoir la retrouver dans les lignes de ses textes, dans ses « croquis et griffonnis », dans les entretiens audio-vidéo qu'elle nous a laissés. Sa leçon de bien voir afin de garder l'authenticité, de ne pas trahir et de ne pas se trahir, est ma devise. Yourcenar ne cesse de m'apprendre à vivre mieux, « à sortir des routines pour retrouver le réel[35] ».

© Anamaria Lupan[36]

---

[35] *Portrait d'une voix, op. cit.*, p. 129.
[36] Assistante universitaire à la Faculté des Lettres, Université Babes-Bolyai, de Roumanie, elle a soutenu une thèse en cotutelle en 2020 sur les essais de Marguerite Yourcenar. Elle a travaillé sous la codirection de Madame le Professeur Rodica POP et de Monsieur le Professeur Rémy POIGNAULT (SIEY).

Marguerite Yourcenar, la première immortelle
Mélanges en l'honneur de Marguerite Yourcenar

Le sentier des déboires

Meziane Mahmoudia

(Algérie)

Chaque samedi soir João le saltimbanque
Quittait son vieux taudis muni de ses gouaches
Qu'il comptait échanger par des billets de banque
Se mit parmi Pont Neuf et ruelle Saint-Eustache.

Et du matin au soir de l'aube au crépuscule
Pour séduire les passants affairés et pressés
Leur lisait de vive voix, libelles et opuscules
Mais tous en étaient sourds et désintéressés.

Il n'en vendit aucune de ses belles aquarelles
Tant celles faites en lavis que celles d'autres exsudats
En revanche ce fut la ruée sur la rue parallèle
Barbouilles et graffiti honorant des judas !

Assurant de tout cœur son rôle de publiciste
Il crut qu'en retour aurait de la renommée
Mais l'indigent aède finit comme Jean-Baptiste
La tête sur un plat offert à Salomé.

Car ayant dénoncé quelques fausses gloires
D'un ténor véreux qu'il savait faux dévot
Il se fit battre à mort sur un promenoir
Et trouvé au matin pendu sur un pivot.

Il y a de ces métiers-là dont on s'attire les rats
Par lesquels, par un mot, on finit par tout perdre
L'art exalte un monde qui lui est ingrat
Tel Hippolyte occis par les lares de Phèdre.

© Meziane Mahmoudia[37]

---

[37] Poète, né à Tamassit en Kabylie et vivant à Alger, féru de poésie classique, auteur du recueil *Le Protagoniste de la vie ou un périple dans la pensée d'un Antagoniste.*

Andromaque ou la veuve éplorée

Florence Jouniaux
(France)

Andromaque est en proie à une nuit éternelle. Étendue sur sa couche, elle ne trouve plus le sommeil. Constamment, des ruisseaux écarlates coulent devant ses yeux. Elle revoit les flammes qui embrasent Ilion, elle entend résonner les cris des vainqueurs et les râles des mourants. Elle se souvient de tous les visages, de tous les êtres chers massacrés et surtout de son époux, Hector, occis par Achille, de son corps traîné par trois fois autour de la citadelle. Ces visions au goût de sang et de cendre la laissent hagarde et épuisée au petit matin.

Cependant, la cité vibre, la cité s'éveille... Un soleil éclatant darde ses rayons impitoyables sur le palais de Pyrrhus, qui bruisse de rumeurs. On murmure que la nef d'Oreste mouille dans le port, depuis ce matin. Le fils d'Agamemnon attend une entrevue avec le roi d'Épire, dont le père n'est autre que le célèbre Éacide, fils de Thétis et de Pélée : il vient en ambassadeur, quérir le rejeton du prince troyen vaincu par le bouillonnant Achille. Enjeu de ce voyage, l'enfançon innocent dort paisiblement dans son berceau, sous bonne garde. Il n'a aucun souvenir de son géniteur, le courageux Hector ; il ne se rappelle pas son effroi devant son casque rutilant, à l'aube de son duel mortel, lorsqu'il fit ses adieux à son épouse bien-aimée, Andromaque. Il a oublié, le bienheureux, les hurlements déchirants de sa mère, lorsque de son époux la dépouille fut martyrisée, autour des murailles d'Ilion... Mais la veuve d'Hector, elle, se souvient et pleure chaque jour son amour perdu, tout comme sa liberté, sous le joug du vainqueur. Elle a bien pensé mettre fin à ses jours, mais elle a encore ce fils, seul bien qui lui reste d'Hector.

Ignorant encore le funeste projet des Grecs, dans ses appartements, la captive se prépare à aller l'embrasser, puisque l'odieux Pyrrhus l'a séparée de lui. Son visage est figé sous un linceul de tristesse. Sa suivante dépose un voile sur son opulente chevelure, tressée soigneusement. Andromaque est prête. Dans un effort surhumain, elle redresse la tête, courbée sous le poids du chagrin, et sort, suivie de Céphise. Deux gardes lui emboîtent le pas : ils doivent l'accompagner, comme chaque jour, jusqu'au seul être qui fait encore battre son cœur, Astyanax.

Entre-temps, Oreste, a pu annoncer sa mission officielle à Pyrrhus. Il ne lui a pas semblé très coopératif, mais c'est pour une autre raison qu'il se torture l'esprit : de quel œil, sa cousine Hermione va-t-elle l'accueillir ? Longtemps, il a brûlé pour elle, mais elle s'est ri de sa flamme. Il redoute sa réaction, tout en caressant le fol espoir qu'elle lui prêtera une oreille attentive. Son fidèle ami lui a révélé qu'elle n'est pas heureuse à la cour de Pyrrhus : ce roi auquel elle est promise n'a d'yeux que pour la captive troyenne et repousse ses noces. Oreste a donc le dessein de la reconquérir et de l'enlever...

Comme il s'apprête à la rencontrer, le cœur battant, Andromaque, elle, approche de la chambre où l'on détient son fils. Un pâle sourire étire son masque de cire.

Soudain, elle aperçoit la haute silhouette de son ennemi. Il l'attend. Elle s'arrête et détourne le regard de ce monstre infâme. Elle n'a qu'un seul désir : le fuir. Elle est pourtant contrainte d'écouter ses paroles pleines de miel... Et de fiel aussi. Il vient de laisser entendre qu'elle a tout intérêt à accepter sa proposition, un ignoble chantage : il refuse de livrer son fils aux Grecs si elle l'épouse ! Malgré son dégoût, elle le fixe dans les yeux pour lui remontrer que son peuple ne l'accepterait jamais : le descendant d'Achille épouser une esclave troyenne ! Elle lui rit au nez avant de passer devant lui, fière.

Enfin, elle tient son fils contre elle, son trésor ! Ses babillements la ravissent. Ses rires la chavirent. Elle s'oublie à ses côtés. Mais quand vient le moment de le quitter, son cœur de mère se serre. Pyrrhus mettra-t-il sa menace à exécution ? Que faire ? Même si Astyanax est tout pour elle, la simple pensée d'accéder à sa demande la révulse. Dieux ! Que son Hector lui manque !

En sortant, elle s'épanche auprès de sa dévouée Céphise : elle se sent perdue, indécise. Celle-ci lui suggère de contenter son ravisseur, elle n'a pas d'autre choix. Mais Andromaque n'est pas prête. Une part d'elle-même se révolte : elle est l'épouse d'un seul homme.

Elle s'éloigne, pour aller consulter Hector sur son tombeau.

Mais voilà qu'elle aperçoit la fille d'Hélène. Elle se fige, à la vue de cette femme hautaine. Hermione aussi l'a repérée et se détourne de cette captive qui a ensorcelé l'homme qu'elle aime. Malgré son attitude hostile, Andromaque se résout à tenter sa chance. Elle prépare ses arguments. C'est une femme après tout, une future mère, elle pourra la comprendre, l'aider à sauver son fils en le cachant dans quelqu'île déserte. Qui mieux qu'elle serait capable de fléchir Pyrrhus ? Elle franchit la distance qui les sépare et ploie la nuque, se présentant en suppliante ; elle va même jusqu'à s'agenouiller devant elle. Tout son être n'est que supplique. Mais la princesse demeure stoïque et laisse paraître son amertume. Andromaque a les faveurs du roi, qu'elle se débrouille avec lui !

Laissant la veuve honnie, Hermione se dirige vers ses appartements, en proie aux tourments de la jalousie. Oreste l'y attend. Quelle surprise ! Ses sentiments envers lui sont mitigés. Troublée, elle le laisse parler. Va-t-elle saisir cette chance de s'éloigner d'un homme qui la délaisse au profit d'une esclave ? Sa fierté lui ordonne de partir, mais son cœur aspire à se venger de l'injure. Sur une impulsion dictée par sa rancœur, elle réclame réparation, il doit expier son parjure... Oreste sera le bras armé de sa vengeance.

Cependant, ignorant tout de ce marché, Andromaque, désespérée, tergiverse... Face à son dilemme, cette âme en peine se recueille sur la tombe de son amour perdu, lui jurant une éternelle fidélité. Se confier à lui l'apaise, lui donne la force d'affronter la réalité. Elle sauvera son fils, mais Hector demeurera son unique amour.

La mort dans l'âme, la Troyenne s'apprête pour ses noces. Bien que Céphise la félicite d'avoir fait le bon choix, elle se sent misérable, comme rongée de l'intérieur par le sentiment de trahir son époux qui l'attend aux Enfers. Que n'est-elle avec lui ?

Une immense assemblée est présente. La voilà qui s'avance vers l'autel, devant tous les Grecs réunis. Des acclamations fusent sur son passage, dont certaines sont des insultes contre l'esclave troyenne élevée au rang de Reine grecque ; mais Pyrrhus ne les entend pas, ou alors, il n'en a cure. Il les toise tous et arbore un air fier et satisfait. Il a obtenu ce qu'il voulait. Andromaque aussi, puisqu'elle a sauvé son fils.

Pourtant, elle n'est plus qu'une enveloppe vide. Son âme est ailleurs, bien loin d'ici...

Mais à peine a-t-on uni les mariés qu'un jeune homme fend la foule et s'approche du couple. Sous couvert de félicitations, il brandit un poignard qu'il plonge dans le cœur du marié. Aussitôt, il s'enfuit tandis que tous sont paralysés d'effroi. Après ce premier moment de stupeur, vient l'affolement : un grand désordre s'empare des spectateurs. Enfin, les gardes se mettent en mouvement, ils s'élancent pour rattraper le meurtrier. On murmure qu'il s'agit de l'Atride Oreste. Chacun y va de son commentaire : sa lignée est maudite. Les dieux en ont fait leur instrument pour manifester leur mécontentement : Pyrrhus a provoqué leur ire en épousant une Troyenne, contre l'avis de son peuple.

La nouvelle Reine, délestée d'un poids immense, jubile intérieurement. Quelle ironie du sort ! Elle qui n'envisageait d'autre issue qu'une lente agonie aux côtés du meurtrier des siens, voilà que c'est un Grec qui lui rend sa liberté ! Loué soit-il ! Loués soient les dieux, qui ont permis sa résurrection ! Elle aimerait crier sa délivrance à la face du monde. Peu lui importe que tous ses citoyens la honnissent, elle rend grâce à Némésis.

Elle s'éloigne de la scène, le port altier.
La flamme de la vie dans ses yeux s'est rallumée.
La veuve éplorée est libérée.

© Florence Jouniaux [38]

---

[38] Professeur de lettres classiques au lycée de la Versoie (France). Férue de fantasy et d'histoire, elle a écrit dans tous les genres et est l'auteure de trente romans., dont six écrits à quatre mains, d'un recueil de poésie et d'une pièce de théâtre.

Un harmonica dans les ruines

Carole Y. Naggar

(France)

1. Des femmes.

Prends le ferry-boat depuis Bar Harbor,
Marche vers le Mount Hope Garden Cemetery
1048 State Street à Bangor.
C'est un immense jardin botanique,
Une forêt fine et fière de chênes d'ormes de bouleaux
Où vit la mémoire de Grace et Marguerite.
Près de l'entrée, l'odeur d'humus est forte.
C'est presque une jungle, un fouillis
de fougères ensauvagées, de lierre.

Blotties à tes pieds de pèlerin inquiet,
tu verras de toutes petites plaques
Des carrés de pierre,
vingt centimètres tout au plus.

Brosse la mousse doucement, comme une caresse,
Et surgit l'épitaphe de Marguerite :
« Plaise à Celui qui, si peut être
De dilater le cœur de l'homme
À la mesure de toute une vie. »

De Crayencour , c'était un nom lourd, chargé
D'histoire familiale.
Elle s'en est dépouillé. Elle s'est réinventée,
La Marguerite :
Elle a effeuillé les pétales de l'amour,
Un peu beaucoup passionnément,
Tout près du cimetière on peut visiter la maison,

Où elles vécurent ensemble
Jusqu'à la mort de Grace :
Leur couple perdure : quarante-sept ans.
A Petite-Plaisance sur l'île des Monts Déserts.
Jumelles, fidèles,
comme un couple de cygnes.

C'est le premier septembre 1939, en Europe.
Le trois, Hitler envahit la Pologne
avec ses Huns.

Celle dont nous parlons est née à Bruxelles.
Elle s'appelle Marguerite Antoinette Jeanne-Marie
Gislaine Cleenewerck de Crayencour.

Dans les salons de l'Hôtel Wagram, un hôtel chic
À Paris, près de la Place des Ternes,
elle aperçoit une très belle jeune femme :
Ses cheveux sont blond foncé ou châtain
—sur la photo sépia, on ne peut pas savoir—
Ondulés au fer en bandeaux symétriques.
Qui soulèvent et soulignent
comme des ailes
l'ovale de son visage, sa bouche tendre, ses yeux
noisette.
Pas de décolleté, mais un col marin blanc, très sobre.
Elle porte pour seul bijou
un tour de cou de petites perles fines.
C'est Grace Marion Frick.

Audacieuse, elle a une
carrière. C'est très rare à l'époque.
Elle est féministe,

60

Mais pas de celles qui brûlent leur soutien-gorge en public
En manifestant sur Broadway.

Un seul regard échangé sous les lustres
par-dessus les parquets cirés
De la salle de bal ou du restaurant, je ne sais,
Un seul, et cela leur suffit, à Grace et Marguerite :
« *It is love at first sight* »

En octobre, juste à temps,
Grace enlève Marguerite, la sauve de la vieille Europe
Qui sera, bientôt, à feu et à sang.

Pour Marguerite, c'est l'exil
Loin de sa jeunesse,
De l'odeur du pain qui lève
Des montées nocturnes dans la neige
Du voyage au fil du Bosphore.
Sa vie est un gant retourné
Une orange pelée à vif, elle souffre,
elle a perdu son pays,
Ne parle qu'un anglais de lycée.
Le retour est impossible.
Et d'ailleurs, elle aime,
elle aime Grace !
Grace l'aide dans ses recherches, peu à peu, elle traduit
Mémoires d'Hadrien, l'Œuvre au noir, Coup de grâce :
A labour of love.
Chaque mot discuté devant leur feu de bois.
Par ses choix, Grace elle aussi s'exile,
se retranche - sœur jumelle, épouse,
Passionnée, exilée au pays

des hommes
qui la cernent
dans cette Amérique si prude si prompte à juger.
Nomades, les deux femmes voyagent.
Elles foncent plein sud vers
le Mississippi.

Audacieuse, Grace ! Mais elle dissimule sa vie privée.
Elle fait carrière.
Pour Marguerite la courageuse les ponts sont coupés
pour longtemps
c'est l'exil
loin de la langue française.

À Monts Déserts, elles construisent
Petite-Plaisance, leur maison.

*

Cet été-là, voici trente ans
Nous n'avons pas voulu y emmener nos enfants alors
tout petits.
Même au mois d'août
Les eaux du Golfe et de l'Atlantique
sont glaciales.
Sur Monts Déserts soufflent les vents,
la neige, la grêle, les embruns.
En été, il pleut beaucoup.
Il n'y avait pas, alors, de garde-fou sur la falaise
Qui plonge à pic dans la mer.

Je voyais comme dans un cauchemar
La chute d'Icare

Ses jambes – près des navires aux voiles gonflées de vent
Qui ne le sauveraient pas –
Ses jambes renversées qui émergeaient à peine des flots pers
Sous un soleil cruel indifférent.
Au premier plan un paysan poussait le soc de sa charrue
Tirée par un cheval bai.
Le soc mordait des sillons parallèles.
Oui, c'est un tableau célèbre de Pieter Bruegel l'Ancien.

Dans le cimetière de Bangor sur l'île
juste à côté bien sûr de la plaque de Marguerite
une autre plaque commémore Grace Marion :
12 janvier 1903 - 18 novembre 1979.

Mais regarde mieux ! Il y a
une troisième plaque,
discrète, rongée de mousses
qui font une écriture.
'Jerry Wilson'
La date de sa naissance est indéchiffrable.
Il n'a pas eu d'obituaire dans les journaux américains.
J'ai appris qu'après la mort de Grace, il fut,
un homme jeune et gay,
le dernier compagnon de la grande Marguerite,
et qu' en 1986, il est mort
du sida, comme tant d'autres
dans la grande déferlante des morts de ces années-là.

Celle qui a retourné son nom, c'est Marguerite,
Marguerite, Marguerite,
Marguerite Yourcenar.

2. Des enfants et des hommes.

«   *Ah !*[39]
Dans la vallée

Cheval sauvage
    Ah !
Qui va l'l monter ?
    Ah !
L'grand jour se lève !
L'jugement est proche
    Ah !
Comment qu'tu l'sais ?
    Ah !
A cause des feuilles
Du vieux figuier,
    Ah !
L'grand jour se lève !

T'entends pas Dieu,
    Ah!
Sa voix qui gronde,
    Ah !
Dans les nuages !
V'là le jour qui s'lève
    Ah !
D'la grand' colère [40]»

---

[39] Les textes en italique sont des citations des Negro Spirituals tels qu'ils apparaissent dans le livre de Marguerite Yourcenar « Fleuve Profond, sombre rivière » (Collection Poésie, Gallimard).

[40] En 1945, les Negro Spirituals ne sont connus en France que dans certains cercles – ceux des amateurs de jazz ou d'émissions radiophoniques. Personne n'a tenté ce que Yourcenar et a compagne, la traductrice Grace Frick, ont réussi : enregistrer et transcrire les paroles de ces troubadours anonymes et les faire ainsi entrer dans le patrimoine poétique du monde.

Paisan : en argot américain, ça veut dire : buddy, camarade, compatriote. C'est le titre d'un film de Rossellini tourné à Napoli en 1945.

Après Salerne et Monte Cassino, les Alliés viennent juste de libérer Napoli de l'Occupation des nazis et des fascistes italiens.

Après une cuite monumentale, Joe, un MP, s'endort dans un terrain vague. Au réveil, il surprend un gosse de sept ou huit ans en train de le déchausser. Indigné, il le poursuit en vacillant. Le gosse l'entraîne.

Le jour se lève sur Napoli.
Joe et Alfonsino,
s'éveillent, la tête lourde.
Derrière eux se découpe un dôme ancien crevé comme un œuf.
Joe est pieds nus, le petit aussi. Il a une paire de bottes ferrées sous le bras.
Une aube de printemps
se lève sur un monticule de gravats
Des troupes de gosses des rues
L'ont déjà pillé,
Pour de pauvres trésors : souliers, ferrailles à revendre, une marmite trouée :
quelques lires pour leurs familles,
du chocolat, du Coca, des Gitanes,
un peu à manger.

« Le poète afro-américain a réussi à exprimer, (…) ses rêves et ceux de sa race, sa résignation, et, plus secrètement, sa révolte, ses profondes douleurs et ses simples joies, son obsession de la mort et son sens de Dieu. » (M.Y.)

Ils ont trouvé mort ou blessures souvent,
bras ou jambes arrachés,
yeux aveuglés,
Pour avoir voulu jouer avec des grenades
Après les bombardements.

M.P. Joe,
au petit matin de l'ivresse
Qu'il finit de cuver
délire un peu.
Son âme déborde
de la souffrance de ses guerres,
Ses mots débordent sa pensée, il rêve et se souvient
Du débarquement de Salerne, de la bataille de Monte
Cassino surtout
Avec le beau monastère détruit,
les pieds nus des enfants qui débordaient de cercueils
de planches.

Il rêve d'un retour triomphal à New York.
Oui, on le fêtera, un héros
Qui a fait la guerre d'Espagne avec Capa, Gerda et
Chim, qui a survécu,
qui a rampé dans les dunes de sable d'Al Alamein en
Égypte,
qui s'est battu avec les *Rats du Désert* britanniques
ou avec Leclerc et De Gaulle, Les Forces Françaises
Libres
(La Der des Der, qu'ils avaient dit en 14,
« A War to end all wars »)

Oui !!
On le portera d'épaule à épaule, up and down
Broadway! Oui, et sous l'arche de Washington Square !
Ils le fêteront au champagne, ceux qui n'ont pas connu
la guerre !
Les filles lui donneront des bouquets,
l'embrasseront à pleine bouche.

Dans les gravats Joe a ramassé
une grosse clé de fer qui n'ouvre plus aucune porte.
Il se vante de sa belle maison en Amérique
mais il sait bien qu'il ment et se leurre
Qu'il retournera à une rue de rien
un shack de tôle et de bois flottés
dans le Mississipi,
où on gèle en hiver malgré les chiffons, les journaux
poussés dans les fentes
où on cuit en été.

Le gamin a dans la poche
De son treillis volé à un autre G.I.
Et qui couvre ses genoux crasseux
Un petit harmonica un jouet de fer.
Le G.I. lui dit 'tu sais pas jouer, donne-moi ça'
Il abrite l'harmonica dans ses belles grandes mains
Il joue et sa musique coule dans notre âme
Ce que ses paroles peinaient à exprimer .

Le film est en noir et blanc, mais les noirs profonds de
la pellicule
contiennent l'ombre, la suie, l'eau et le feu, l'aube et la
nuit
contiennent toutes les couleurs,

comme les notes simples et pures de l'harmonica contiennent ses rêves, sa résignation, ses attentes, sa colère.

« La fureur rentrée coule de ses poèmes comme une lave »
dit Marguerite Yourcenar des poètes afro-américains, les interprètes des Negro Spirituals dont elle a recueilli les paroles.

Dans son livre, elle évoque les femmes noires humiliées des sérails, des harems,
Les modèles de peintres dont le teint sombre servait à rehausser
La peau blanche des belles vénitiennes
Les bouffons du roi
Moulés dans leurs pourpoints écarlates
Aux ganses dorées,
Et bien d'autres, une chaîne de
misère immémoriale :
Les porteurs d'eau, les débardeurs des quais importés par les négriers,
Les marchés où sont châtrés de futurs eunuques,
Les travailleurs des plantations, des champs de coton et de canne à sucre du Mississipi
Où elle a voyagé avec Grace.

Elle cite :
« Le corps de John Brown pourrit dans la tombe
Mais son esprit est en marche,
Son esprit est en marche ! »

Comme bêtes traquées des familles entières
Ciblées par le *Fugitive Slave Act* de mille huit cent soixante

Se sont enfuis au cœur de la nuit,
sont passés de main en main par leur chemin secret,
l'*Underground Railroad*
en route
vers le nord
où ils plaçaient leurs espoirs.

Joe prend le gosse par le bras, mi-amitié, mi-violence,
il lui dit amène-moi à tes parents,
Ils arrivent aux cavernes de Magellan, creusées
À même les laves noires du volcan.
Le petit reste silencieux, lui apporte une paire de bottes
Qui n'est pas la sienne.
Joe comprend.
Alfonsino n'a plus
ni maison ni parents
Ces remparts de lave où croupissent
Sous les fumerolles,
Sous les lignes de linge étendues d'un mur à l'autre
les plus pauvres des pauvres :
Une paire de souliers par famille de dix
C'est là sa maison.

« Mon Dieu est un grand roc dans un pays
Plein d'lassitude,
Plein d'lassitude
Dans un pays plein d'lassitude…
Mon Dieu est un refuge dans une saison
Pleine de tempêtes »

Carole Y. Naggar[41]

41 Auteure, poète et historienne de la photographie, née au Caire (Égypte) et vivant à New York (États-Unis), dont les sujets de prédilection sont l'exil et la mémoire. Son recueil *Exils* a été finaliste du Prix Apollinaire 2022. Texte écrit à New York, en février 2023.

Mes langes

Sandrine-Jeanne Ferron
(États-Unis)

J'ai rêvé que je revenais en arrière. À la date du dix-sept décembre mil neuf cent quatre-vingt-sept. Peu après huit heures du soir ou peut-être était-ce un peu avant. Petite Plaisance. Île des Monts Déserts et c'est ainsi qu'elle aimait l'écrire. État du Maine. Ce soir-là, Marguerite Yourcenar rendait son dernier souffle, elle reprenait son âme, elle remettait son corps entre les mains des dieux, ses bijoux et notamment un bracelet en argent massif auquel elle tenait beaucoup. Ses meubles et son patrimoine. Elle m'invitait chez elle. Pour l'interviewer. Je n'avais pas préparé de questions. J'aurais dû. À cinq reprises, je me suis trompée de formule. Et les réponses furent immanquablement tronquées. Un thé à la menthe, la menthe qu'elle faisait pousser, sans pesticides, dans le jardin derrière sa maison. Et la mer tout au bout. Blanche et chimérique. Une bâtisse posée sur le sol, prête à partir, presque étrangère à lui. En bois. Comme si le sol s'était refusé à la digérer, à l'intégrer à son humus. Nous buvions un thé à la menthe brûlant, dans des voiliers de porcelaine. Dans un rêve que je fis, entre le 17 et le 18 décembre.

J'entends le mot Men. Trois lettres sur un mur blanc. J'entre. J'écoute un de ses romans qu'une voix lit à voix haute. Près d'un poêle, elle est assise. C'est sa voix qui chute sur le sol, c'est un livre au sol. Lequel. Son écriture. Et des images qui s'effilochent entre. Les voyages et les désinstallations. Une photographie qui s'enfuit. Des mots s'inversent. Le cerveau-miroir. Et le son du métal sur le tapis. Un bracelet en argent. Ce sont les noms des lieux perdus qu'elle égrène, autant de gravures sur le sol sur lesquelles je dérape.

Qui y a-t-il derrière la mort, Madame Yourcenar?

« Son propre visage. Les lignes tamisées, celles des âges accomplis. L'intégralité du corps strié. Une suite de rayures en croisillons, courbées, de part et d'autre des deux lignes. Celles qui barrent un front à la fin de l'existence, l'une plus longue que l'autre, celle de droite sans doute. Les déceptions du cœur dans les paumes des mains, les atteintes des deux bords du genre. Des milliards de couches noires, tel un Annapurna, enroulé dans des châles ou un relief littéraire emprisonné dans ses brumes. Et les cheveux maintenus longs qui eux aussi poursuivent leur croissance. Derrière, les points de passage s'allongent. Il n'y a plus de mailles. Derrière, j'écris les yeux ouverts, rivés sur des carreaux de Delft ornés d'animaux. Derrière, c'est un drap blanc tendu entre naissance et trépas, bien sûr, sur lequel s'impriment des ombres orientales. Derrière la mort, la vie et ses apparences. Le Lait de la mort. Le lait, donc la mort. »

Qui y a-t-il derrière la mort, Madame Yourcenar?

« Je m'en vais. Je m'envole. *I am leaving to live.* Parce que les visages n'ont plus rien à me transmettre des deux bords de l'Atlantique. La dilution. Je rends mes secrets, je dis Vagues, je traduis Waves. Trancher les mots derrière. Je traduis Virginia Woolf, je me réconcilie avec ma féminité. Minorée. J'ai en horreur les étiquettes. Les dates. Mon genre est le neutre, principalement narratif, ainsi se manifeste la grâce. Simultanément, l'amour. Apprendre à aimer, j'apprends à mourir. Et je fais le serment de m'immerger dans le fleuve infernal. Le serment d'être invulnérable. »

Qui y a-t-il derrière la mort, Madame Yourcenar?

« Personne. Barbe, Grace, Jerry, Papa. Mère n'est nulle part. Derrière la vie, c'est une page blanche et son propre visage en transparence. Point final. La mort est une technique pour conférer au réel une image. Je suis née parce que ma mère a succombé à ma naissance. Ouvrir la vie, c'est offrir la mort. Je suis née femme, anathématisée, condamnée à donner la mort. Aussi n'ai-je jamais transmis la vie à un corps. Délivrée de ce mal, je crée. Je ne procrée pas. Je traduis. J'existe, j'enfante hors du canal. Je ne suis pas ce genre de femme rongée jusqu'à l'âme par l'enfantement. Les mots sont mes aliments, ils sont mes masques. Je m'extrais du vêtement femme, j'endosse l'habit de l'homme, je demeure femme. Derrière, on continue et on ne fait rien d'autre que cela. On. L'empreinte indélébile dans la chair, nulle autre délivrance, délivrée des figures d'attachement et de leurs vanités. »

Qui y a-t-il derrière la mort, Madame Yourcenar?

« Léda. Je ne suis plus libre de me suicider depuis que j'ai acheté un cygne. L'engagement du lien ou sa responsabilité. Derrière, c'est un animal que je défends couleur cendre. Le noir. La narration et son esthétique. Derrière, on reprend exactement là où l'on s'est arrêté la veille, mais en ayant tout oublié. Sans marque-page entre les ciels bas et laiteux. Mes paupières alourdies par le défilé des paysages de l'état du Maine, derrière une vitre. Ou sur une colonne ionique. Derrière, les mêmes représentations et la vitre qui éclate. Personne, hormis mes personnages. Rien, hormis les images que j'ai protégées. Les gris magistraux, les brumes vertes, les ocres blanches, les arbres tout en bleus. Le jaune, le rouge. Et les roches noires. Assise face à la mer, j'écris. J'écris adossée. Les symétries de l'existence se résorbent après quarante jours. Les fantaisies de la vue. Quarante jours, c'est un temps terrestre. De mes langes à mon suaire, mes larmes sont mon lait. Saoulée par mes chagrins, je m'adosse à chacun de mes écrits. Et sur ce rempart-là, je construis. Ma mort. Derrière, quarante jours sont et ne sont pas. La mort déconstruit le temps.»

Qui y a-t-il derrière la mort, Madame Yourcenar?

« La traversée des apparences. Le suicide n'est plus une liberté. Il est une infinie douleur. Derrière, on achève le pas amorcé. Devant. Les champs sémantiques s'estompent. Les réconciliations. Les équivalences entre le genre et l'Œuvre, autant qu'entre le vent et le sable. Les supports sur lesquels le moindre signe s'implante. Il est un mur blanc dans une tour. »

Marguerite, dites-moi, qu'est-ce qu'il y a après la vie, que s'est-il passé entre votre accident cérébral, le 8 novembre 1987 et la date de votre mort ? La mort logée dans la tête. Cinq semaines pour terminer Quoi ? L'Éternité, ou poursuivre l'inventaire des objets que vous affectionniez. Quoi et non qui. Quoi écrire, tenir le stylo-feutre pour qui ? Vous aviez conservé votre esprit, votre lucidité, or, j'ai eu beau chercher, je n'ai trouvé la moindre trace d'un écrit ou d'un testament, un mot ou un témoignage, un bout de papier personnel daté entre le 8 et le 17 décembre 1987. J'ai eu une belle vie. J'ai vécu. Aux portes de la mort. Une belle mort. Ce genre de choses. Rien à propos de votre corps et de ses repentirs, ses torts, sa taille ou son incarnation.

« Une vie informe. L'univers nous reprend le peu qui fut nous-mêmes. Je ne nie pas les moments de bonheur, mais je crois qu'il y a un fonds d'inconscience, ou d'égoïsme, chez tous ceux, qui, en termes vagues et généraux, déclarent que La vie est belle et j'ai écrit cela Les Yeux Ouverts. L'enfant sait cela. Il n'attend pas de l'adulte qu'il lui emplisse l'esprit. Ni obstruction, ni rupture. Il se méfie de l'emphase. Pourtant, l'adulte le convertira. Et à son tour, l'enfant pleurera. Les larmes autour des yeux. Au mieux, il les transformera en perles. Le sang transmué en cendres grises. La mort frappe exactement là où nous avons œuvré. Par omission. Elle décompose les organes que nous avons chéris. Elle engorge les canaux. Ils ne véhiculent plus. Mon cœur a lâché, deux années auparavant, le cœur, ça relève de l'anatomie, du mode opératoire ou de l'étal de boucher. Puis, le siège de la pensée s'est brisé, cet objet que j'ai manipulé sans ménagement. L'accident cérébral. J'ai toujours préféré le corps et sa déambulation. Dommage. Si bien conçu pour la vie, le corps prend toujours un peu d'avance sur nos intentions. Il dépérit en premier. Il meurt sous les coups d'un esprit qui ne cesse de vouloir se suicider. Polarité, dualité ou les deux, une moitié sent tandis que l'autre agit sans. J'étais, ni tout à fait la même, ni tout à fait une autre. Une mythologie où il serait impossible de discerner la fin du commencement. J'ai utilisé les fragments du réel pour les confondre, les rendre plus réels au point de ne plus percevoir les frontières. Pour sauver mes misères, or pas seulement. Mes sentences. Les miens. Adieu mes mains, adieu mes yeux consumés par l'orgueil du monde. J'ai travaillé avec ordre les mots, avec minutie les couleurs. J'ai éparpillé mes cendres blanches, veillant à ne jamais les mêler à celles de mes personnages. L'œuvre, telle une tour, perdure. Nullement tenue par l'amour-propre, l'amour devient sale dès lors qu'il est propre. Elle perdure parce qu'elle élève quiconque l'habite. Derrière, je la remanie, je la renomme. Je ne la change pas. Je la distingue. »

Comment est la vie derrière ?

« Bonne ou mauvaise, dévorante ou aimante, personne ne survit assez pour être maudit ici-bas. Rendre grâce ou être graciée. Personne ne m'a survécu assez pour pâtir de mon existence. La vieillesse. Je loue la jeunesse. Elle me fatigue. Elle m'irrite. L'année qui suivit le décès de Grace, ma traductrice, j'ai rencontré Jerry et nous faisions route vers la Floride pour une croisière aux îles Caraïbes. J'ai peut-être imaginé que Grace me l'avait envoyé. La voix des choses. Pour aplanir l'espace et lui ôter son âge. Pour continuer à faire mon métier sept années de plus. Jerry est mort le huit février mil neuf cent quatre-vingt-six. À l'aube. La tête en feu, lui aussi, là encore. D'une méningite. Il faut se charger de peu de choses pour contempler l'image des choses, embarquer peu de territoires avec, dans les yeux, des montagnes sous la neige, des rivières musicales au printemps, des oiseaux serpentant entre les nuages sombres. Ici-bas ou au-dessus des larges bancs de sable. Juste assez de pieux souvenirs. Le jaune et le rouge pour figurer un jardin au printemps. Ou le Maine, bleu comme l'hiver, l'hiver comme un ruban bleu. Un ruban jaune, un ruban rouge, des centaines de rubans. Ils flottent sur l'atmosphère. Ils récupèrent le vent, le sable, la pluie, le soleil. Ils suggèrent l'après. Mes visions du vide derrière une vitre. Ce sont des montagnes qui se déroulent, elles sont des rouleaux de prières, des parchemins qu'une vie ne suffit pas à parcourir. Il en faut des centaines d'autres. Derrière. Rouler sans arrêt sur les routes du Maine, le bitume et le gris des deux bords du véhicule en élaborant des mots. Puis basculer de l'autre côté de l'Histoire. »

Quels sont les territoires, après la vie ?

« J'ai soigné chaque mot à l'instar du peintre, avivant les tonalités de son unique tableau ou les rendant plus pâles. La teinte verte est le masque des morts immortels. En ai-je fait autant avec les êtres, je ne suis pas femme à nourrir des regrets. À disséquer les remords. Toute sorte de concessions qui maintiennent les corps en trahison. Sous une dalle ou sous un gazon. Les concessions sont au cimetière. J'ai refusé cette redevance, la commémoration, l'espace où les personnages sont emmurés pour nourrir les vivants. J'ai choisi l'incinération. J'ai choisi d'être invulnérable. »

Quelles sont les images de la tour, sur le mur blanc ?

« Des ellipses qui resserrent les vis des siècles. Les nombres. Les temps repliés. Zénon trois-cents fois répété. Trois-cent trois fois, ai-je répété son nom avant que j'en défaille. Ils sont vivants. Ils ont existé et entre mes pierres, je les ai portés. Zénon. Certains m'ont heurtée plus que d'autres. Il faut avoir de la contexture, de l'amplitude pour les mettre au monde. Hadrien. Chacun m'a amenée à un autre et ainsi de suite pour me conduire sur mon propre seuil. À mon propre thème. Perpétuellement assise. L'écriture appellerait la position assise, non, je n'y crois guère. Écrire debout et au centre. En mouvement. Face au monde, soi, entièrement diluée, en tout point et nulle part. À distance et ancrée mentalement dans chaque drame. »

Quels secrets restituez-vous ?

« Mes échecs. Des confidences. Au verso, les mots n'existent plus. Nul besoin d'emplacement ou de temporalité. Le revers est froid et les mêmes névralgies me guettent. Elles m'empêchent de dormir. Le cognac dégrise mes émotions et mes correspondances en désignent la texture. Ce sont mes corridors, mythiques, ce sont mes canaux, anatomiques. Mes cavernes platoniciennes. Les allées labyrinthiques de Pompéi où je flâne la nuit. J'y rêve seule et dotée du même sentiment. Les mains jointes, les mains en cendres. Le rouge qui dégouline des fresques. L'eau des fontaines dans les patios jaunis comme autant de serpents qui s'échappent des jarres. Je les reconnais. Les mains qui accrochent les parois, elles les arrachent. Les graffitis qui leur survivent. Il faut abolir les temporalités de son vivant. Derrière la vie, le rideau pavé de sa mort. Les mêmes fuites, les mêmes trahisons, les mêmes complicités.

Identique prolongement, ou renversement, ce qui est ici-bas est au-delà et inversement. En-deçà, on rêve comme on meurt. Seules. Dans son lit ou dans des hôpitaux de haute montagne à griffer les draps, à cracher ses dents, ses bacilles, ses analyses sanguines. Déchirer les bulletins de température. Les attributs de la féminité ont tué Grace. Le cancer dans le sein. Le lait et l'enfant. L'enfant apprend à aimer par la bouche, par la possession. L'absorption. Les déguisements et les colères. Effacer, il faut effacer. Les sommeils. Les apprentissages. Les hontes et les débauches. Les affections. Aimer puis mourir par la bouche. Simplement par les mots. Sans Grace, désormais, il fait trop froid pour oser réveiller ce que j'ai confié à l'écriture. Pouvoir caresser. Passer ma main sur la tête d'un chien, pleurer de le voir souffrir, passer mes mains sur l'écorce d'un arbre. Et me battre pour sentir encore l'écorchure intérieure. L'écriture. C'est à elle que je parle à voix basse. Derrière, je suis Cornelius Berg. L'autoportrait final perdu, la toile sauvée. Je suis Zénon. Je suis et je dévoile. Dévoiler la figure tutélaire et expirer ensuite. La sienne. Car nul ne survit à sa contemplation.»

À quoi ça sert de mourir ?

« On meurt pour cesser d'écorner les contours. Seules les lignes disparaissent. »

Le rêve a cessé. La matière onirique inachevée, je me suis réveillé en sursaut. Un livre est tombé sur moi, jeté par des spectres, ou Zénon. Ma bibliothèque est à la tête de mon lit.

Ce ne sont pas eux qu'il faut redouter, mais les hommes qui ont un corps, m'aurait-elle répondu. L'usage des mains. Or, comment écrire et se tenir au plus près de la trajectoire sans se faire tuer. Posséder. Ou s'effondrer. Il s'agit de cette usure-là. L'écriture conduit en effet l'attelage lequel mène à la vie, mène au décès. Point final. Quoi ? L'Éternité. Le livre-vie entre voyages et séances de travail inachevées pour se désinstaller ensuite. L'ultime message, en quatre signes une prescience à laquelle j'ai eu accès cette nuit-là plus qu'une autre. Grâce au rêve, à la femme, à l'auteure, grâce à ce qui lui survit. Ses écrits dans ma bibliothèque.

Le livre a entaillé mon arcade sourcilière. Poussé par Zénon, mon chat noir qui, pour une raison inexpliquée, a sauté sur la bibliothèque et a raté son atterrissage.

Marguerite Yourcenar, Œuvres romanesques, Avant-propos de l'auteur écrit sans e, chronologie et bibliographie, Bibliothèque de la Pléiade. Je me suis levé. J'ai ramassé les mille deux-cent-cinquante-cinq pages. J'ai effeuillé. Le sang sur le sol. Il portait le numéro trois cent trois, publié aux éditions Gallimard, le 13 janvier 1988. Premier dépôt légal, en novembre 1982. La finesse du papier bible qui, lui, ne souffre pas du vieillissement des manipulations. Léger, dense, opaque. Il n'est fragile qu'à la naissance. Il n'est fragile qu'au tirage. Elle les avait souhaitées ainsi. Épurées. Les féminités. Subtiles. Esthétiques bien plus que plastiques. Sans jamais être des poupées incassables.

Être invulnérable entre les pages.

Ma grand-mère m'avait offert Les Œuvres romanesques, le 17 décembre 1989, pour mon anniversaire. Et un bracelet en argent massif, croisillons, maille gourmette creuse, de type Art Nouveau. Androgyne. Sur le sol, j'ai glissé sur le bracelet. À côté, la photo d'une vieille dame à Essaouira, enrubannée. Des épaisseurs d'écharpes, des couches de lainages, tel un Annapurna dans ses voiles. Avec cette mention, au dos. Vent mortel, février 1987. On meurt pour arrêter le temps. Phrase qu'elle avait empruntée à Marguerite avec qui elle entretenait une correspondance. Helléniste. Le miracle du grec ancien qu'elles lisaient, qu'elles chérissaient ensemble.

Un bracelet similaire au bijou que Marguerite Yourcenar portait souvent au poignet droit. J'avais égaré ce bracelet depuis le 8 novembre dernier. Et cette photographie de ma grand-mère, en convalescence, à Essaouira, en février 1987. Elle me servait de marque-page. Une saison en enfer qui avait pris fin le 18 décembre 1989. À l'aube. À quoi servent les dates.

Elles ont la même futilité qu'une tombe, m'aurait-elle répondu.

Je me suis recouché. J'ai désinfecté ma blessure. J'ai bu un cognac. Une eau ardente, un vin brûlé, quelque chose de fort. J'ai bu son histoire et j'ai admiré l'écorchure intérieure. Projeté quelque part au IIIe siècle avant Jésus-Christ. J'ai relu Marguerite Yourcenar, Zénon ronronnant sur ma tête. J'ai relu jusqu'à connaître par cœur certaines de ses phrases. Quoi ? L'Éternité. J'ai cru percer des mots, une signification, percé par eux, j'ai voulu l'entendre à nouveau. Chaque mot en longueur et dans sa bouche, l'inflexion des graves. L'élégance des accents lents et de l'érudition. Des syllabes qui se dissolvent au contact du réveil. J'ai voulu la retrouver la nuit, vivante. La prétention de programmer mon rêve en utilisant mon propre vocabulaire. Pour quoi ?

Pour arrêter le temps. Ou la chute. Tout simplement.

Miami, le 18 décembre 2022

© SJ Ferron[42]

---

[42] SJ Ferron est née en Bretagne, à Lorient, en 1975. Auteure de plusieurs chroniques pour *La Cause Littéraire*, pour l'émission *Dépêchez-vous de rester jeunes*, elle a publié son premier roman aux Éditions Unicité en 2017, *40 mètres carrés*, en 2019 *Un homme avec elle-même* et en 2022 *Laisse-moi disparaître*. Elle vit à Miami, dans l'état de Floride, et voyage.

Les ailes déployées

Marie-Amélie Rigal
(France)

Marguerite Yourcenar,

Nom de plume, mes ailes soudain déployées
Je quitte sans égards ma chaise d'écolier,
Monte par mégarde, un ciel pour moi ployé
Y larguant la grand-voile et aussi un collier

Mais l'appel impérieux de ce nom merveilleux
Agit comme un aimant et joue de si doux arpèges
Effleurant les cordes du cœur, adroit veilleux[43]
Autour, des nuages, nouveaux Le Paige

Cachent de leurs nuées ma lente ascension
Cèlent aux curieux le but de ce voyage
Protègent autant de toute recension

En cette folle saison, suave alliage
Pour y effeuiller Marguerite, passion
Des mémoires d'Hadrien, bailliage

© Marie-Amélie Rigal[44]

---

[43] Veilleux : joueur de vielle ou qui participe à une veillée.
[44] Auteure française, rédactrice de chroniques littéraires.

Les dieux ne meurent pas

Émilie Dhérin
(France)

Et je te rêve Yourcenar, blottie dans le creux poreux de ce monde qui est le tien, sillonnant un fleuve de jade auprès de Wang-Fo, s'échappant du peuple des hommes dans la courbure d'un pinceau charbonneux, pâleur du crépuscule en buée d'or. Là-bas, un enfant empereur éructe, s'abat contre cette fuite impromptue et toi, un doux sourire aux lèvres, tu glisses sur les flots d'opaline, tes amples manches de porcelaine saluant les grands rochers verticaux.

Le soleil, dans la nue paresseuse, découpe l'ombre graphique des fins pins d'Italie. Un jardin, refuge des vastes salles fraîches et sombres de l'ancienne résidence du roi Nicomède. Des hommes se taisent, écoutent religieusement les vers qui coulent. L'ocre d'une terre cuite et la voix qui file aussi soyeuse qu'un cheveu blond égaré, au bord d'une source consacrée à Pan. De temps à autre, un serviteur y plonge une grande jarre d'argile poreuse. Un peu à l'écart, un jeune garçon songe, enveloppé par le regard brun, pénétrant d'un homme, certain de sa souveraineté jupitérienne. Tu te tais. La voix légèrement limpide de l'orateur et les étoiles qui baignent cette nuit d'Orient.

Tu es assise, à l'orée d'une forêt, les jambes croisées, les paumes l'une contre l'autre. Les branches lourdes de souples feuilles jouent dans ton visage. Dans les profondeurs de la jungle, la rumeur ombrageuse des animaux qui guettent l'Imparfaite. Une sente herbeuse

85

où les pieds las avancent, ignorants de leur destinée. Courbe parfaite, la silhouette grandit, le pas ralentit. La lumière nimbe ton visage. Devant toi, une femme étrange, aux nattes de cendre. Elle te regarde, t'écoute et tressaille d'un espoir qu'elle croyait disparu.

Un mercredi, un village aux longs murs blancs, tachetés par les mouches noires. Les voix fortes des hommes et des femmes qui se réjouissent et toi, dans cette liesse, l'œil aux aguets. Tu vois. Une robe d'étamine noire qui file, une poitrine orageuse, et la rage au bout des doigts. Une femme se terre, à l'écart, là-bas, le corps de son amant et les autres éblouis de ce meurtre. Invoquer la lune vengeresse, taire cette passion inscrite au cœur de la peau et rouler le tapis d'une espérance abattue comme une bête fauve. La femme, sous son platane, serre contre son cœur un étrange débris.

Quelques taches rouges sur son tablier. Elle lui parle, la caresse. Soudain, elle se lève, emportée par les paroles déchiquetées d'un vieil homme qui l'invective. Tu la suis, cette silhouette à la course folle, au bord du précipice, les pierres dans l'abîme.

La colère au cœur, une femme titube dans la soie de l'après-midi. Dans sa chambre, un homme dormait dans ses ronflements d'ours ivre, le corps strié par les rayons obliques du soleil.

Emportement, ivresse, le cœur de l'homme chavire. Quiétude arrachée, les jeunes filles en fleur qui dansent à damner un faux cadavre. Toi, tu attends lentement les remous de la méfiance en farouche sentinelle.

Cinq heures du matin. Le café dans la tasse un peu froid. Agrégation, encore et encore. Heure précoce, la nuit encore totale, et la fenêtre éclairée. Une voiture passe. La voisine, jeune infirmière, qui va prendre son service. L'hiver intenable, toujours, dans le froid qui glace. Et pourtant, ce matin, ces matins sont moins rudes. Les mots, les phrases s'enchaînent. Rythmique, saccade d'une prose qui va et nourrit. Hadrien de bon matin, dans les œuvres au programme. Et le dos qui se courbe sur le texte qui s'ouvre dans l'horizon du Palatin, aux forêts de Bythinie, Mare nostrum. Et « je songeai immédiatement à un berger au fond des bois, vaguement sensible à quelque obscur cri d'oiseau ».

L'éventail de Jupiter, ces lampes de terre cuite, brillant à près de deux millénaires et une silhouette d'une pensée qui palpite. Le craquement du feu, l'odeur vive du temps en une journée saturée par le soleil. Et cette respiration presque palpable d'un homme qui pense. Une magie, une sympathie.

Marguerite, je te dépose une couronne de laurier.

© Émilie Dhérin[45]

---

[45] Auteure de plusieurs ouvrages, notamment fictionnels, elle a publié *Les Miettes de Nous* aux Éditions des Mots qui trottent. Professeure agrégée de lettres modernes et Docteur en lettres classiques, Émilie DHÉRIN enseigne le français et le latin. Elle a également dispensé, pendant plusieurs années, des cours de culture générale et enseigné les techniques rédactionnelles.

Lettre d'Adieu du Roi Henri 1er

Agnès Castera
(Haïti)

Cap-Henry, le 1er octobre 1820

Mon cher Prince Jacques-Victor Henri,

La balle en argent qui mettra fin à mes jours est déjà dans mon barillet. Il est impossible de se sentir Empereur, alors que l'on est atteint d'apoplexie. Mon corps m'a lâché après m'avoir bien servi pendant des années. Je lui suis reconnaissant de sa vigueur qui m'a permis de me distinguer comme soldat de la « Révolution haïtienne ». Grâce à sa force, j'ai combattu pendant des années avec Toussaint Louverture dans le nord de Saint-Domingue. Mon être a connu la gloire : Commandant en chef du Cap-Français, Général sous Toussaint Louverture en 1802, Président et Généralissime des forces de terre et de mer de l'État d'Haïti du Nord le 17 février 1807, Empereur le 26 mars 1811. Cependant, comme pour tout homme, mon corps doit un jour voir sa fin. Me voilà aujourd'hui partiellement paralysé, ne pouvant même pas écrire moi-même cette lettre que je suis dans l'obligation de dicter à un secrétaire.

J'ai gravi des sommets que l'on pensait infranchissables. C'est sur la terre de Grenade que ma mère esclave m'a donné la vie, le 6 octobre 1767 et j'ai moi-même été amené comme esclave sur cette terre de Saint-Domingue. Le désir de liberté est ancré dans le cœur de tout homme. Voilà pourquoi j'ai mené tout feu tout flamme, avec mes frères, la révolte des esclaves de 1791 ; j'étais pourtant déjà un homme libre. Je voulais plus que tout au monde aider ces hommes. J'ai réussi. J'ai vu Haïti devenir un pays libre et indépendant. C'est le plus bel accomplissement que j'emmène avec moi dans l'autre monde, sur l'île sous la mer.

Haïti est maintenant un phare dans le monde. Haïti a montré ce que les Noirs peuvent accomplir. Le 1er janvier 1804, date de notre indépendance, est une date qui rend fier le peuple haïtien et qui sera enseignée en l'histoire sur tout le globe terrestre. Napoléon Bonaparte, vaincu par nos troupes, s'est fait couronner empereur le 2 décembre 1804. Nous ne valons pas moins que les Français qui nous ont dominés et écrasés. Mon peuple méritait lui aussi d'avoir une monarchie avec des nobles. Voilà pourquoi, le 26 mars 1811, j'ai instauré dans l'État du Nord une monarchie constitutionnelle : un Roi d'Haïti, le Roi Henri 1er. Voilà ce que je suis devenu. Toi, mon fils, tu es Prince Royal d'Haïti, et j'ai établi une classe de nobles. Ma merveilleuse femme, Marie Louise Coidavid, est ma reine.

Un peuple noir qui a gagné sa liberté doit la garder à tout prix. Mon royaume se doit d'être libre et de prouver au monde entier qu'il le restera. Pour ce faire, il doit prospérer. Je n'ai donc pas eu d'autre choix que de mettre en place la politique de Corvée royale pour collecter des revenus issus de la production agricole.

Il fallait prouver à l'humanité que nous nous sommes libérés des chaînes de l'esclavage, parce que nous sommes grands et fiers. J'ai conçu de gigantesques projets pour lesquels j'ai dû avoir recours au travail forcé. Mes sujets trouvaient leur motivation dans le fait qu'ils ne travaillaient plus pour le colonisateur, mais pour leur propre gloire. Je demeure persuadé que la splendeur du Palais Sans Souci à Milot et de ses vastes jardins rappelleront que je voulais du beau pour mon pays. Le palais de la Belle-Rivière à Petite Rivière de l'Artibonite témoignera dans les siècles à venir de notre noblesse. La Citadelle Henri, accrochée au sommet de sa montagne avec son éperon, imposera perpétuellement son superbe profil aux Haïtiens et sera l'emblème de la fierté du peuple. Ce fort majestueux, symbole de force et de liberté, méritait bien tous les sacrifices imposés. Pour parvenir à ériger cette merveille, j'ai dû me montrer dur vis-à-vis de mon peuple qui a vu mourir ses frères par milliers. Il ne s'est pas révolté, parce qu'il savait que la Citadelle Henri assurerait toujours sa protection. Mon peuple avait le désir d'achever cette œuvre merveilleuse. Leur souhait d'arriver à leurs fins leur permettait d'accepter les moyens mis en œuvre, aussi difficiles fussent-ils. Mon peuple faisait confiance à ma vision. Si j'ai été critiqué pour mes méthodes autoritaires et pour la Corvée imposée en vue de la réalisation de mes projets, mes actions étaient nécessaires pour bâtir un État fort et prospère.

Il revenait aux hommes, que j'ai aidé à rendre libres, de se battre pour garder leur liberté.

L'indépendance ne suffisait pas. J'ai dû m'ériger en autorité forte avec une vision claire. Nous ne voulons en aucun cas le retour du blanc. Je veux que tout Capois, tout Haïtien, prenne pour credo ces mots que j'ai adressés au Général Leclerc avant notre indépendance dans une lettre, alors qu'il menaçait le pays d'un débarquement de l'armée française dans le Nord : « *Si vous avez la force dont vous me menacez, je vous présenterai toute la résistance qui caractérise un Général ; et si le sort des armes vous est favorable, vous n'entrerez dans la ville du Cap que lorsqu'elle sera réduite en cendres, et même sur ces cendres, je vous combattrai encore* ».

Nous ne pouvons accepter de nous voir encore dominés et traités avec violence, en race inférieure, ne méritant jamais un signe de reconnaissance ou d'attention du colon, pourtant capable d'en donner à son bétail : chevaux, chiens, vaches, chèvres… Nous, humains, ne jouissons d'aucune considération de leur part, parce que notre peau a la couleur de l'ébène et que nous avons une morphologie qui rend jaloux les blancs aux cœurs durs, recouverts de peau flasque, rougissant comme des crevettes jetées dans l'eau chaude après quelques minutes d'exposition à notre soleil radieux et resplendissant.

Un souverain a le devoir d'éduquer son peuple. C'est le moyen de le sortir de la honte et de la misère. Pour cela, je n'ai pas hésité à faire appel à un blanc. J'avais appris que William Wilberforce défendait la cause des Africains. En 1818, j'ai fait appel à cet Anglais pour qu'il nous obtienne des professeurs et des artisans qui pourraient transmettre leur savoir aux Haïtiens. J'ai accepté un accord avec la Grande-Bretagne : Haïti ne menacerait pas ses colonies des Caraïbes. En retour, la Royal Navy avertirait Haïti des attaques éminentes des troupes françaises.

J'ai toujours su que mon règne ne pouvait durer éternellement. Quand tu liras cette lettre, j'aurai déjà planté cette balle en argent dans mon cœur. Je choisis de me suicider, plutôt que de tomber victime d'une de ces mutineries qui ont éclaté depuis l'été. L'insurrection, qui a éclaté au Cap-Henry et qui se propage dans le pays, ne m'enlève pas la fierté de l'héritage que je laisse à Saint-Domingue. Ma popularité s'effrite. Je suis confiant dans le fait que l'histoire retiendra le bien-fondé de mes actions. Je suis roi et je tire moi-même la révérence. On ne m'abattra pas comme Jean-Jacques Dessalines dans le Sud.
Roi Henri 1er

« Je renais de mes cendres ».

© Agnès Castera[46]

---

[46] Auteure née à Port-au-Prince en 1957 et établie aux États-Unis, Agnès Castera a fait ses études de droit à la Faculté de Droit et des Sciences Économiques d'Haïti.

Mélanges

Élisabeth Simon-Boïdo
(France)

Premier cri.

Tel est l'ouvrage de la naissance de la vie.

L'entendez-vous ?

Le bonheur du jour s'en vient et réjouit l'oreille de l'après-midi tranquille.

C'est le cri de l'enfant.

C'est la joie des siens.

Le huit juin dix-neuf cent trois naît dans un berceau bruxellois Marguerite Yourcenar, fille de Fernande de Cartier de Marchienne et de Michel Cleenewerck de Crayencour.

Sans bruit, des champs dans la ville s'invitent.

La babillerie des oiseaux grandit tel un récit de gargouillis d'eau, clair bouillonnant, à l'hymne, à l'amour, à l'ivresse.

Mais voilà que l'allégresse est balayée par des chuchotements sourds et inquiets.

Entendez-vous ?

Le mal joli fini, s'en vient le mal en point.

Dix jours dans un râle d'agonie.

L'adieu se fait languir, toque à la porte.

La faucheuse aux mains assassines emmène la mère au visage blême.

Ô vide éternel !

Le goût amer du chagrin de l'enfance s'évanouit aux côtés de son père-ami, anticonformiste et grand voyageur.

Dans le labyrinthe du monde, lors de ses nombreux voyages, il y a la mer jolie, il y a des chemins et des campagnes, il y a des routes et des villes.

La vie aux rythmes de l'harmonie et de l'image procure une belle échappée, tous deux tournent le dos à l'ennui, aux routines et aux guerres.

La monotonie n'existe pas.

C'est un désir profond d'horizons lointains dans la résonnance d'un monde cosmopolite qui leur dit :

— Viens !

Le voyage habille Marguerite de son plus bel esprit.

Ses jours ses nuits passent et l'âge se fait grand.

Une nécessité omniprésente de faire courir son âme sur les feuilles encore vierges et avides d'encre bleue...

Frappe.

Frappe des pieds contre terre, plusieurs fois, tellement de fois, encore et encore.

Ainsi, la main conduit la plume comme une envie trop longtemps restée en suspens.

L'écriture jaillit comme un geyser !

Des poèmes, des nouvelles, des essais, des romans...Comme s'il en pleuvait.

Est-ce la spirale de ses pensées qui la guide ?

Est-ce son imaginaire qui se lève haut et fort vers un idéal ?

Parfois, la solitude se fait sienne pour des bonheurs de lecture,

Alors,

Elle rêve les yeux ouverts le jour et laisse aller le rêve la nuit.

À travers ses œuvres, Marguerite explore les grands enjeux de la vie animale et végétale.

Elle en livre le sens, décrit la nature humaine et dénonce les maux à travers des émotions, des sons, des odeurs, et des couleurs.

Elle connaît le poids des mots.

L'écriture est sensible, passionnée, vulnérable, sans frontière et sans âge.

L'écriture se pose, s'impose, se lit, s'écoute, se dit, et se respire, de la villa Adriana à Tivoli, au château Saint-Elme, à l'île des Monts Déserts, au Mont Noir à Lille, puis Nice, Menton, Monte-Carlo...

Ses pas foulent le sol de chaque patrie, la Suisse, l'Italie, l'Espagne, l'Autriche, l'Inde, l'Égypte, le Maroc, la Grèce, les États-Unis...

Conquise et apprivoisée, elle laisse aller sans retenue la naissance de ses innombrables œuvres... *Alexis ou le Traité du vain combat*, *Le Coup de grâce*, *Mémoires d'Hadrien*, *Les Charités d'Alcippe*, *l'Œuvre au noir*, *Souvenirs pieux*, *Comme l'eau qui coule*, *Quoi, l'éternité ?*...

Dans ses livres, elle promène son âme du moment, tel est l'ouvrage de son existence.

Et puis un jour, il y a Paris,

À l'hôtel Wagram, il est un amour où tout semble magique.

Femmes au désir charnel, figées dans le temps du sentiment mystérieux de l'amour.

Coup de foudre.

Comme une pluie soudaine et courte.

Apparaissent deux maîtresses aux sourires délicats.

Douces et pudiques, les yeux dans les yeux, des cœurs battent et ne se trompent pas.

Grace Frick est Américaine, professeure d'anglais, chercheuse et traductrice.

C'est dans leur maison baptisée "Petite Plaisance" que les années flânent dans le bruissement des feuilles des arbres, elles se lovent dans le silence des récits d'une vie ensemble.

Marguerite Yourcenar a fait de son œuvre une lecture littéraire un chemin commun à tous.

'Il ne sera jamais trop tard pour tenter de bien faire, tant qu'il y aura sur terre un arbre, une bête ou un homme ".
Marguerite Yourcenar

Première femme élue à l'Académie Française en mille neuf cent quatre-vingts, Marguerite Yourcenar, salue le ciel du soir le dix-sept décembre mille neuf cent quatre-vingt-sept, pour un moment rouge-orangé, le temps de son départ.

Dans son jardin en dormance et froid, Marguerite nous donne à suivre la rivière des mots comme elle vient, en offrande.
Dernier souffle.

© Élisabeth Simon-Boïdo[47]

---

[47] Ancienne élève de Julien BERTHEAU (ex sociétaire de la Comédie-Française), Élisabeth a créé une école de théâtre à Roquefort-Les-Pins dans les Alpes Maritimes (France), dédiée aux jeunes de quatre à dix-huit ans. Après avoir enseigné la comédie et monté des pièces pendant vingt ans avec ses élèves, elle se lance comme auteure pour la jeunesse qu'elle affectionne tant.

Loin du monde

Sandrine Mehrez Kukurudz
(États-Unis)

L'aube se dessine alors que la nuit m'a déjà quittée depuis longtemps. M'a–t-elle d'ailleurs accompagnée quelques heures ? Je doute, tant mon corps est las et mon esprit confus. Le jour se présente au loin, parfaitement aligné sur l'horizon du lac, jouant sur une palette de couleurs douces, d'un rose pourpre s'étirant vers un mauve cotonneux.

Je ne sais ce qui m'a poussée à quitter le lit pour rejoindre le jardin. L'attrait vers cette sérénité que m'offre cette nature brute, si lointaine des jardins et rosiers bien taillés de mon enfance en région parisienne. Je suis l'enfant des jardins de Versailles, m'amusais-je souvent à dire. Nulle fleur ne dépassait de son massif, lui-même arrondi sous les coupes expertes de mon père. Les arbres ne ployaient jamais ni sous le poids des fruits mûris au soleil, ni sous celui des feuilles qu'on laisse se multiplier à foison. Tout était contenu. Convenu. Ma vie aussi.

Je remonte lentement le drap sur Laure. Il recouvre son corps nu. La beauté de ses courbes m'émeut comme au premier jour de notre rencontre. Dans quelques heures, son sourire accompagnera le café du matin, la promenade du chien, ce quotidien précieux loin d'un monde anxiogène à quelques kilomètres de notre havre de paix.

Le ballet incessant des poissons me nargue, sans pour autant interrompre ma mélancolie matinale. Dans la ville d'à côté, il y a fort longtemps, Marguerite

Yourcenar a bousculé les codes de nos vies de femmes. Sa plume est devenue sa plus belle arme. Elle lui a permis de prouver au monde que les hommes n'avaient pas le monopole de la reconnaissance littéraire. Quelle victoire pour les auteures que l'entrée de Marguerite Yourcenar à l'Académie Française, faisant d'elle une immortelle. La première fois de l'histoire de cette noble institution où ce mot se déclinait au féminin. Quelle injustice aussi d'avoir dû attendre si longtemps avant de permettre à une femme d'accéder à ce siège tant convoité.

J'aurais aimé écrire. J'aurais adoré traduire avec des mots mes émotions. J'aurais pris plaisir à conter ce que mon imagination me soumettait, au fil des inspirations nées des hasards de la vie. Mais il n'est pas venu ce temps de la plongée dans les mots qui rassurent l'auteur et captent le lecteur. Il paraît qu'il ne s'annonce pas, mais vous foudroie un matin, ne vous laissant pas le répit de réfléchir à refuser cette opportunité.

Laure m'a rejointe au bord du lac. Elle pose un tendre baiser sur mon épaule tatouée. « Ton petit papillon de liberté », comme elle l'appelle. J'entoure sa taille de mes bras accueillants et l'invite à me rejoindre dans ma quête de sérénité.

Nous sommes en juin 2023 et je vis dans une Amérique partagée, tiraillée entre ses élans libertaires et sa conscience poussiéreuse. À la fois portée par sa contestation et emmurée dans ses contradictions. J'ai pourtant conscience de vivre dans un pays dans lequel Marguerite Yourcenar a aimé tendrement et jusqu'à la mort une femme. Une terre où j'aime Laure malgré le rejet de ma famille bien-pensante et celui d'une partie du monde où j'ai posé mes valises il y a déjà quelques années.

Même si ma liberté d'aimer est relative, elle existe. Ce matin, je me sens Marguerite Yourcenar. Je m'appelle Emma, j'ai trente-deux années de vie et de batailles, je suis française par hasard et américaine par la grâce d'une rencontre.

© Sandrine Mehrez Kukurudz[48]

---

[48] Auteure franco-américaine, fondatrice de Rencontre des Auteurs Francophones.

À celle qui entend tomber
les larmes des hommes

Sophie Turco
(France)

C'est la lumière des premières heures de l'après-midi qui éclaire le visage de Mya alors que les hommes ont cessé leurs travaux et que seules les abeilles ont encore de l'énergie. La jeune fille est attablée, solitaire dans ce bar au cœur de la ville où tant de rumeurs ont dérobé au destin leur part de mystères et de mensonges. Songeuse, elle regarde les volutes s'élevant au-dessus de sa tasse de café pour dessiner d'étranges rêves, avec l'impatience du fruit à quitter sa branche. Sans y prêter une trop grande attention, elle entend les allées et venues de ceux qui se faufilent entre les tables et les chaises et qui font claquer les portes pour se griller une cigarette à l'ombre de l'auvent couleur feu de la terrasse.

D'un côté, les fenêtres donnent sur la rue animée, de l'autre, le chant des causeries résonne de table en table. Hors des sentiers battus, le stylo de Mya s'essaye à noircir les feuilles de son cahier pour ressentir la liberté somptueuse de cette écrivaine qui a marqué son époque, Marguerite Yourcenar. Le plaisir est aisé, la tâche s'avère courageuse, bien ambitieuse. Il y aurait tant de choses à dire sur cette femme de lettres, l'amour des hommes, des animaux et de la terre qu'en Mya l'écho de son silence intérieur se fait bruyant. Sa main se met à trembler. Elle se résout à poser, elle l'espère seulement pour un instant, son stylo. À côté de son cahier maintenant refermé, trois livres de la première académicienne française que Mya vient d'acheter à la librairie du coin l'invitent à la lecture. De ses mains libres, elle s'empare du premier, en tourne les pages une à une.

Derrière elle, silencieusement, un homme l'observe. Il cherche le bon moment pour l'aborder. Il a un point commun avec Mya. Il y a bien longtemps de cela, il a noué une attache particulière avec Marguerite Yourcenar, un peu plus, se plaît-il à se dire, que ce type de lien que les lecteurs plongés au cœur du récit tissent avec leur auteur. Mya vient de faire tomber son stylo. L'homme bombe son torse pour prendre une grande respiration, de celle qui redonne confiance. Résolu, il se lève, ramasse l'objet échoué à terre. D'un geste qui cherche à éviter toute brusquerie, lentement, il le tend à Mya. Elle lui sourit et le remercie. Il hasarde une réplique :

— Je n'ai pas pu m'empêcher de remarquer que vous aimez Marguerite Yourcenar. J'ai lu tous ses livres.

— Impressionnant ! Répondit Mya. J'ai dû faire deux librairies pour trouver ces trois ouvrages-là, soupira-t-elle. Ce qui m'a surpris. J'ai alors supposé que peu de gens la lisaient encore.

— Vous cherchiez un livre en particulier ? S'enquit-il. Je peux m'asseoir à votre table ? Demanda-t-il en prenant une chaise sans même attendre la réponse de Mya.

— Oui, vous pouvez et non, je ne cherchais pas un ouvrage de cette auteure en particulier. Je voulais juste lire du Marguerite Yourcenar. J'aime flâner dans les librairies, laisser mon regard être attiré par une couverture en concevant l'idée que c'est le livre qui me choisit.

— Le plaisir des découvertes et des rencontres opportunes, en somme ! Au fait, moi, c'est Léonard. Je peux vous raconter une histoire, dit-il enfin en s'affalant lourdement sur la chaise. L'histoire la plus belle et la moins vraie possible pour vous faire oublier vos mésaventures de librairies, mais une histoire qui parle de Yourcenar. Ça vous tente ?

— Oui, pourquoi pas, accorda Mya à cet étrange personnage que lui paraissait être Léonard. Elle se cala au fond de sa chaise et le regarda fixement avec maintenant une certaine curiosité.

— Bien…, bien…, alors je commence mon récit.

« En 1938, une belle et jeune femme au doux prénom de Plotine goûtait à la libre insouciance de son âge. Pour la conserver le plus longtemps possible et bien qu'elle n'ignorât pas que cela allait contre les us de son temps, elle se dérobait à toutes les avances de ses vaillants prétendants. Aucun ne put trouver grâce à ses yeux. Et par une après-midi de septembre, rentrant du marché les bras chargés de deux lourds paniers, dans un sentier creux, c'est sous un cerisier qu'elle s'abrita d'une averse de grêle. C'est là aussi qu'elle rencontra pour la première fois le jeune Léon qui lui aussi s'était réfugié sous l'arbre. Leur passion naquit avec la soudaineté de l'éclair. Quand une catastrophe aussi naturelle qu'inattendue s'abat sur les âmes innocentes, les cœurs aguerris battent toujours plus fort comme un éternel tremblement. Ils s'envolent alors aux frontières du ciel capricieux, au bord du monde pour conjurer le sort, l'impitoyable passage du temps. La passion amoureuse ne s'éveille-t-elle pas lorsque l'on a le sentiment que l'être face à soi est unique, seul et vulnérable dans un univers cruellement indifférent à notre destinée ? Ou plutôt ne surgit-elle pas de l'impudence, du défi ou de la promesse d'alternative qu'offre alors l'être aimé ? Dans un monde dur, inflexible, une telle promesse devient comme un puits dans un désert aride. Plotine et Léon devinrent l'un pour l'autre plus nécessaires que l'eau et le pain. Mais si on sait vivre de peu quand on a l'amour pour habiller et réchauffer son corps, on se fait un devoir de prodiguer à l'être aimé les biens matériels qui provoqueraient une lueur dans ses yeux. Une étincelle éphémère, superficielle en échange de froids labeurs et du plus cruel des sacrifices : la séparation des cœurs s'aimant !

Léon nourrit en son sein le projet de rejoindre un de ses amis parti à New York dans l'espoir de se construire une belle vie et de tourner enfin le dos à la misère et aux restrictions qu'ils subissaient tous les deux ici. Là-bas, se disait-il, les rêves de fortune les plus fous sont à portée de main pour des hommes valeureux. Il promit à Plotine de revenir la chercher dès que la chance lui aurait suffisamment souri pour la mettre à l'abri du manque, et même pour couvrir son corps de soies prestigieuses, pour la parer d'élégants bijoux et enfin pour la stériliser contre le malheur et la vieillesse comme les femmes de son époque aimaient l'être. Il ne voulait plus que, lui encore vivant et vigoureux, sa douce Plotine ait une seule larme à verser. Elle pourrait alors s'appuyer sur lui aussi solidement que sur un roc.

C'est ainsi qu'un an après leur première rencontre, jour pour jour, en un matin d'orage, Léon s'apprêta à voyager sur l'imposant paquebot qui le mènerait vers de nouveaux rivages. L'embarcation flottait mollement sur les eaux mitraillées de pluie et une longue file sombre de passagers affublés d'opulentes vestes brodées, s'étirait sur le quai tandis que d'autres s'expliquaient avec les douaniers vêtus de blanc accompagnés de fiers soldats. Alors, au milieu de toute cette agitation organisée, Léon serra très fort contre lui Plotine qui ne parvenait pas à calmer le flot de tous ces pleurs qui se déversaient sur ses joues. Elle aurait tant désiré que ce jour n'arrivât jamais. Elle aurait tant aimé retourner les vagues comme les pages d'un livre jamais lu, jamais écrit. Non loin de là, dans la file des voyageurs, une autre jeune femme ne put s'empêcher d'éprouver une sincère compassion pour le couple. Avec la délicatesse des cœurs sages, elle eut l'audace de les aborder et d'offrir à Plotine une estampe sur washi, papier aux longues fibres de mûrier, en lui confiant que celle-ci apportait le courage et la vertu de la déesse Kannon Guanyin, de celle qui entend couler les larmes des hommes. Elle prit soin cependant de conseiller à Plotine de ne pas trop adorer l'immortelle et de ne jamais l'invoquer avec une âme résignée au chagrin. Elle n'eut pas le temps de leur en dire plus sur l'estampe japonaise, car un membre de l'équipage invita la jeune femme à rejoindre sa cabine. Il s'était adressé à elle en l'appelant Madame de Crayencour. Plotine comprit aussitôt que celle qui venait de lui offrir l'estampe n'était autre que Marguerite Yourcenar.

Après une dernière étreinte et la promesse de revenir le plus tôt possible, Léon délaissa les bras de Plotine, et les pas traînants, disparut dans l'affluence des passagers, comme lentement englouti par le gros navire. Un coup de sifflet retentit dans l'air et les amarres furent larguées. Le bateau quitta le port à grand bruit et sur le quai, la foule se dispersa. Maintenant seule et immobile, au milieu du silence que dessine toute absence, longtemps, Plotine le regarda glisser sur la ligne d'horizon avant de disparaître au-delà de l'océan. Elle sentit la présence du rouleau de washi dans sa main et sans comprendre pourquoi, presque intuitivement, elle le serra fort contre sa poitrine. Elle eut l'impression que les longues fibres de mûrier du washi s'allongèrent et tissèrent tout autour de son cœur un cocon. Elle sut alors que le temps noué à l'absence s'étirerait jusqu'à rejoindre la froide éternité. L'enfer n'est pas animé par les flammes brûlantes des passions malheureuses, mais par les morsures des bris de glace et par les gifles des vents glaciaux ressentis en nos cœurs fêlés par le manque de l'être tant aimé.

Après le départ de Léon, à chaque lever de soleil, toujours à l'heure de leur dernière étreinte, Plotine revenait sur le quai, marchait sur la longue digue, et du dernier rocher, elle quêtait son retour. Sans aucune plainte, sans aucun mot, sans aucune moue, debout, immobile, faisant presque de l'ombre au phare, elle offrait à l'océan toutes ses larmes. Son cœur pulsait alors au rythme du ressac, sa tête s'emplissait du bruit des vagues se brisant contre les récifs. Elle retrouvait alors le courage de revenir encore, toujours à la même heure, toujours en ce même lieu avec le même espoir que le silence de l'absence soit enfin rompu. Léon lui avait promis de lui écrire dès qu'il serait installé à New York et de rentrer dès qu'il le pourrait. Mais, lorsque la douleur du manque meurtrit la chair, elle n'a que faire des promesses, elle n'a que faire du temps. Une semaine après le départ de Léon, Plotine apprit qu'une partie de lui allait grandir en elle, qu'une fraction du cœur de celui qu'elle chérissait allait battre de plus en plus fort en son sein. Pour faire croître en elle ce nouvel être, fruit de leur passion, elle se raccrocha à ses souvenirs, à la larme que Léon laissa couler le long de sa joue lorsqu'elle lui donna une mèche de ses soyeux cheveux blonds, à ses regards ardents et fous qu'il jetait sur elle comme sur un objet précieux, à son rire qui la rassurait, à la façon bien à lui qu'il avait dans l'amour de balbutier son prénom. Et elle garda jour après jour ce jupon jaune qu'elle portait en ce temps-là et qu'ils avaient étendu sur eux en guise de couverture, comme s'ils s'étaient couchés sous un lambeau de soleil.

Les années passèrent, Léondine, la fille de Léon et de Plotine, grandit, mais elle ne vit jamais les yeux bleus de son père et ne connut que le corps chagrin de sa mère. Adulte, plus d'une fois, elle voulut aller à New York pour comprendre ce qui était arrivé à son père, mais, ne pouvant se résigner à l'idée de laisser sa mère seule, elle y renonça.

Un matin, Plotine, qui pas une seule fois n'avait dérogé à son habitude, se rendit inlassablement sur la digue. Après avoir offert ses larmes à l'océan, alors qu'elle s'apprêtait à regagner le quai, brusquement, sans que rien ne l'ait laissé présager, les vagues se mirent à gronder furieusement. La mer s'assombrit, sembla toute noire, hormis l'écume des vagues. Un vent glacial se leva. Il fit un froid d'hiver, un temps polaire. Plotine aperçut face à elle, une vague se lever et la mousse blanche tourbillonner formant un socle sur lequel s'immobilisa face à elle Kannon Guanyin. La déesse, drapée d'une longue robe couleur liliale qui la couvrait de la tête aux pieds, serrait dans sa main droite un long chapelet dont les perles, une à une s'effaçait rappelant l'égrènement du temps. Plotine vit que la déesse tenait dans sa main gauche, tout près de son cœur, une huître qui s'ouvrit et laissa les éclats d'une perle éclairer son visage. Le ciel tonna. Un éclair pourfendit le ciel et frappa le joyau qui se mit à briller d'une lumière surnaturelle. C'est alors que Kannon Guanyin dit :

— Tu m'as implorée tant de fois, j'ai tant entendu tes larmes que je ne peux faire autrement que de me manifester à toi aujourd'hui. Je viens toujours en aide à ceux qui sont menacés par les eaux et par les démons. J'attends que tous les êtres peuplant la terre soient libérés de la souffrance avant d'atteindre l'état de Bouddha. Sache, Plotine qu'il y a plus d'âmes perdues que de naufragés au fond de la mer. Alors, accepte comme présent cette perle fécondée par la foudre et nourrie par les eaux de tes larmes. À la douceur de ses reflets, tu pourras contempler l'âme de celui que tu chéris et écouter la fougue des mouvements de son cœur.

Plotine reçut ce présent, et prit entre ses mains l'huître contenant le joyau. Mais elle ne put s'empêcher d'avouer à la déesse que, quels que soient les pouvoirs de la perle, elle ne pourrait pas être consolée. À quoi lui servirait-il t'entendre les battements du cœur de Léon si elle ne pouvait ni l'embrasser ni être dans ses bras ? Elle voulait que leurs deux cœurs soient à jamais réunis, scellés pour l'éternité. Et si ce souhait ne pouvait être réalisé, alors elle n'aurait plus qu'à désirer que cette perle soit son propre cœur plutôt que celui de l'homme qu'elle aimait.

L'immortelle fut très contrariée de ne pas parvenir à libérer Plotine de son chagrin. Elle lui dit alors qu'elle ne pouvait lui être plus d'aucun secours, car à celle qui entendait les larmes des hommes, il était impossible d'aller contre la volonté de ceux qui se condamnaient à faire de leur affliction leur tombeau. La déesse disparut, balayant avec elle tous les nuages. Le ciel arrêta de gronder. La mer s'apaisa. Dans la main de Plotine, l'huître se referma en emprisonnant la perle qui cessa de flamboyer.

Le matin suivant, Plotine ne retourna pas sur le rocher. Elle était restée dans son lit, dans ses draps blancs brodés. Sur sa poitrine froide et immobile, au creux de sa main, le joyau qui avait pris la forme d'un cœur brillait à nouveau de mille éclats chatoyant dans les rayons du soleil comme s'il s'était mis à pulser. Sur sa table de chevet, sous l'huître fermée, on trouva l'estampe de la déesse Kannon Guaniyn et une lettre racontant toute cette histoire. Sur l'enveloppe étaient gravés le nom et l'adresse aux États-Unis de Marguerite Yourcenar. »

Après son récit, Léonard confia à Mya que Plotine était sa grand-mère. Longtemps, il fut tiraillé par un dilemme : respecter la dernière volonté de Plotine et envoyer la lettre à Marguerite Yourcenar ou la garder. La femme de lettres aurait-elle aimé apprendre que celle à qui elle avait tendu la main n'avait pas eu le cœur assez sage ? Personne ne le saura jamais. Il est bien trop tard, maintenant. Seul l'écrivain est le familier des secrets.

© Sophie Turco[49]

---

[49] Auteure et enseignante de philosophie dans le Sud de la France. En 2018, elle publie son premier roman chez *5 Sens Éditions*. En 2021, elle intègre le réseau Rencontre des Auteurs Francophones et participe à différents événements organisés par Sandrine Mehrez Kukurudz. En 2023, elle devient contributrice à la revue littéraire belge, *Marginales*.

La vie

Aude Prieur
(France)

La vie est une rêverie
Douce et lancinante
Étoilée d'un ciel sans fin
Muselée d'une détermination sans déterminisme.

La vie est une aventure sans lendemain
Munie d'un passé haut en couleur
Et d'un futur riche en rebondissements
Une ligne courbe aux courbatures acérées.

La vie est une découverte de colons
Bercée par les chants de marins
Et les vagues incertaines
Spoliée par la cruauté humaine et ses décadences.

La vie est un bonheur infini
Qui puise sa source dans l'amour
Qui pêche par excès de gentillesse
Et surmonte les épreuves de la nuit.

La vie est telle qu'on la construit au fil des jours et des
nuits
De nos amours et de nos envies
De nos entraves et de nos terreurs
De notre présent, notre passé, nous construisons
notre futur.   © Aude Prieur[50]

---

[50] Musicienne, écrivaine, compositrice-arrangeuse française. Historienne de formation, elle a été
nommée Chevalier des arts et des lettres en 2021.

Instants

Jean-Michel Guiart
(Nouvelle-Calédonie)

Faire de chaque instant une vie
Chaque vie, un instant
À entendre de partage
À comprendre de plénitude
À aimer de silence
Chaque instant une vie
Chaque vie un instant
À entendre de partage
À comprendre de plénitude
À aimer de silence
Fait d'instant insatiables
Comme bonheur impassible
Moments de précieuses
Simplicités apparentes
De si peu, faire si grand
Dans cette palpable pénombre
Où tout n'est que mirage
Brume
Tout n'est que mirage
Brume
Je reste là
Je cherche à comprendre
Je cherche une lumière
Qui ne se fait plus attendre
Face à l'éphémère éternel
La vie perd son souffle parfois
Souffre d'une cadence amorcée

La société assomme
Somme de normes harassantes
Sous l'œil du temps
Qui parsème
De solennels instants
Sur ce chemin de connivences
De complaisances partagées
Un sens, un choix a éprouvé
Chacun fait comme il peut
Avec ce qu'il a
Chacun fait comme il peut
Comme il se doit
Pour entraver la solitude
Par de cocasses sourires
Sous l'œil du temps
Qui parsème
De solennels instants
Chacun fait comme il peut
Avec ce qu'il a
Chacun fait comme il peut
Comme il se doit
Pour entraver la solitude
Par de cocasses sourires
Sous l'œil du temps
Qui parsème
De solennels instants
Sur ce chemin de connivences
De complaisances partagées
Un sens, un choix a éprouvé

Et la vie, s'émeut
De brises maîtresses qui s'échappent de tendresses
Face aux étoiles qui ont le don
De briller gracieusement, les espoirs
La lune partage, une élégante patience, voit sortir de terres
Des mains tournées vers le ciel
Le soleil en joyeuse farce se joue de nos rêves

Quand tout n'est que rupture face au temps
Là où rien ne pressentait, dans une déroute totale
Où se meut à l'horizon des fatalités quotidiennes
Une victoire sur des désirs qui ne se comblent pas
Dans une vie, à bout de souffle
Je souffre de ne pouvoir reconquérir, mon esprit
Qui s'est échappé assailli de désirs
Ce corps sera mon martyr
S'il y a un combat, à mener, en ce monde
Pour se tenir droit et digne
Face à nos espoirs enterrés, aux plus profond de nos cœurs
Dans cette vie qu'on délaisse, laissons-nous
Apprivoiser de lumière pour éclore à l'aurore
Elle éclairera nos espoirs, les plus tu
Une victoire sur des désirs, aux succincts artifices
Quand la vie se présente de précieux sourires
Laisse en émoi les commodités passagères
Sous la pluie de mes songes s'abrite derrière de prudes regards
Un bonheur inconditionnel qui se plaît de patience

Instants de simplicité éparpillés en beauté volatiles
Ce peu de bonheur, comme joie manifeste
Aussi tacite que des regards avertis, des êtres réunis
Autour de petits riens qui font défont, les différences
Je ne cesserai de vouloir, revivre ces instants.

© Jean-Michel Guiart[51]

---

[51] Auteur et poète kanak.

Le portrait

Olivier Coutier-Delgosha
(France/États-Unis)

Je ne m'habituerai jamais au silence.

C'est gonflé de ma part, c'est vrai, après m'être plaint si souvent du bruit quand vous étiez petits. Tu ne manqueras pas de me rappeler toutes les fois où j'ai surgi de mon bureau, hors de moi, pour vous demander de baisser d'un ton. Mais que veux-tu, les sons que je traque sont presque inaudibles, je ne pouvais pas me concentrer au milieu des hurlements de deux gosses surexcités.

Il y a huit ans, j'ai fait aménager ce petit laboratoire insonorisé, et cela a changé ma vie. Trop peut-être. Il m'a protégé des pleurs et des chamailleries, mais aussi des leçons à réviser, du Conservatoire où il fallait emmener ta sœur trois fois par semaine, des visites chez le dentiste et de cette multitude de choses qui remplissent les journées. Mon téléphone ne sonnait jamais, ta mère s'occupait de tout.

Cette triple épaisseur de laine de roche m'a isolé de vous, c'est à peine si j'ai réalisé que le petit garçon de huit ans dont je me souviens n'existe plus. Ta sœur a un amoureux, paraît-il... Tout cela semble insensé. J'espère qu'un jour, elle acceptera de me revoir.

Laisse-moi tenter de t'expliquer. Je n'espère pas obtenir ton pardon, mais peut-être t'enseigner mes erreurs, à défaut de t'avoir appris à faire du vélo. On fait rarement mal à ceux qu'on aime en connaissance de cause, sache-le ; c'est quelque chose que je vous ai infligé malgré moi, par faiblesse ou par passion.

Au début, notre vie était différente. Ta mère et moi étions amoureux. Cela peut te sembler stupide, ou évident tout au moins, mais tu aurais tort de prendre ce mot à la légère. Je ne parle pas seulement de dormir et d'acheter une maison ensemble, je te parle de cette certitude que rien n'est plus important et que la vie devra s'adapter, pas l'inverse. Imagine un avion en vol, tu peux croire que les ailes subissent le mouvement de l'air qui leur fonce dessus, mais en réalité, c'est le fluide qui doit les contourner, il n'a pas le choix.

Je sais, tu n'aimes pas que je ramène tout à la science. Mais que veux-tu, c'est ce que je suis : un scientifique, et je ne cesse pas de l'être au moment où je t'écris. D'ailleurs, ta mère est atteinte du même virus, vous êtes un produit dérivé de nos recherches sur la propagation des ondes. Elle y mettait autant de passion que moi, tu sais, et peut-être davantage de talent. Ce fut un crève-cœur pour elle de tout arrêter pour s'occuper de vous, elle n'a jamais cessé de s'intéresser à mes travaux. Dans mon laboratoire, le soir, elle reprenait mes calculs, écoutait les signaux que j'avais tenté de nettoyer, et il n'était pas rare qu'elle me suggère une modification sur un filtre, qui le lendemain se révélait payante. Ou alors, on parcourait ensemble pour la millième fois les collections du Louvre ou du musée de Rome, à la recherche de la perle rare.

Sans elle, je n'aurais pas réussi.

Les premières années après votre naissance, je crois que j'ai été un mari normal, et même un père normal, heureux de voir sa vie rythmée par les fêtes d'école, les anniversaires, les vacances au bord de la mer. Un été enfin – vous aviez déjà sept ou huit ans –, j'ai proposé d'explorer Rome au lieu d'Arcachon. On vous a traînés du Colisée à la chapelle Sixtine, je me souviens de vos jérémiades continuelles et de la frustration de ne pouvoir que survoler les merveilles qui me tendaient les bras. Ta mère a proposé d'aller visiter la Villa Tivoli et je n'étais pas emballé – au moins, ils pourront courir dans les jardins, a-t-elle insisté –, alors on a pris le bus tous les quatre.

C'est ce jour-là que tout a basculé. Pour une raison que je ne m'explique toujours pas, vous avez été captivés par le récit des vingt ans de règne d'Hadrien. Vous n'avez pas bougé quand la guide vous a narré en détails ses efforts pour pacifier l'empire, vous n'avez pas protesté quand elle a décrit la passion de l'empereur pour l'architecture, les mathématiques et les astres, c'est à peine si vous avez froncé les sourcils quand elle a évoqué la tristesse de son mariage de raison, ses aventures extra-conjugales, et sa passion pour un jeune Grec, mi-esclave, mi-amant : Antinoüs.

Après ça, je m'attendais à des tonnes de questions dérangeantes par trente-cinq degrés à l'ombre, mais la seule chose qui vous intéressait en fait, c'était la mort d'Antinoüs à vingt ans – parce que c'était triste. Votre mère a essayé de vous expliquer le sacrifice d'un jeune homme qui a donné sa vie pour sauver celui qu'il aimait, tout cela à cause des prédictions sinistres d'une magicienne. Mais vous ne compreniez pas comment se noyer dans le Nil avait pu sauver l'empereur. Moi non plus, d'ailleurs.

Nous avons admiré le théâtre maritime, nous avons cligné des yeux dans la lumière et rêvé du haut du Serapeum face au Canope, en imaginant le même endroit dix-neuf siècles plus tôt, quand le marbre recouvrait les briques et le bruit de l'eau rivalisait avec celui des cigales. Tu imagines Papa, si ces ruines pouvaient parler ? As-tu dit. Elles nous raconteraient l'histoire d'Hadrien, encore mieux que la guide. Et ta sœur a renchéri : pourquoi on ne peut pas entendre sa voix, hein ? Pourquoi personne ne l'a enregistrée ?

Je n'ai pas écouté la réponse de ta mère, je regardais les pierres. J'imaginais ce qu'elles nous diraient, si elles étaient capables de restituer les sons du passé. Elles nous apprendraient les fêtes et les rires, et les secrets de l'empereur, les ordres donnés à voix basse pour éliminer ses opposants. Elles nous feraient partager l'amour d'Hadrien pour son jeune amant, peut-être même saurait-on ce qui a poussé Antinoüs, un soir, à entrer dans l'eau boueuse et se laisser couler. On revivrait la douleur de l'empereur, la folie qui a produit les temples, les centaines de statues à l'effigie du jeune dieu, et même la ville qui a disparu depuis. Ce serait prodigieux.

Ce soir-là, cette idée m'a tenu éveillé et, à ta mère qui s'inquiétait de me voir les yeux dans le vague, j'ai répondu que j'allais faire parler Hadrien…

« Mon jeune Maître avait fini par accepter un matin ce qu'il avait refusé la veille : poser pour un de ces portraits sur bois qu'ils affectionnent ici, où de la cire d'abeille teintée de pigments colorés remplace les mixtures habituelles que nos peintres utilisent à Rome. Les artistes égyptiens se montrent d'une habileté étonnante dans cet exercice. Je fis donc venir celui que Phlégon m'avait recommandé, un vieillard presque octogénaire du nom d'Ahmôsé, qui ressemblait davantage à un mendiant qu'à un peintre. Antinoüs, sur ses instructions, s'assit sur un tabouret, très droit, et ne bougea plus. Je me postai derrière l'homme, curieux de voir apparaître le visage aimé sur cette écorce grossière.

Le premier jour, rien ne se produisit. Les doigts noueux ne tracèrent que des contours grisâtres, où je discernais à peine l'amorce d'une figure humaine. Je m'inquiétai de savoir si les mouvements de la barque allaient contrarier la précision de l'œuvre, mais Ahmôsé me répliqua quelques mots dans sa langue avec une moue contrariée, ce que l'interprète choisit de me traduire par tout va bien ; et puis il rangea ses brosses, et déclara qu'il reviendrait le lendemain terminer le portrait.

L'enfant commençait à s'impatienter, sa jolie bouche prit le jour suivant une expression boudeuse que je craignis de voir surgir sur le tableau. Mais Ahmôsé connaissait son métier, il sut capter l'essentiel de cette beauté qui avait atteint son apogée, et effacer l'accessoire. Je vis se former sur l'esquisse de la veille les formes attendues, les couleurs et les ombres que j'avais caressées sans jamais pouvoir les retenir. Elles étaient là, gravées dans les sillons que traçaient les brosses sans relâche. Par un tour de force surprenant,

Ahmôsé réussit à recréer non pas le prince qu'il avait devant lui, mais le jeune berger qui m'était apparu un soir à Nicomédie, parlant le grec avec l'accent de son pays. Je fus bouleversé, et n'y tenant plus, je m'approchais du peintre alors qu'il était encore à son œuvre, accentuant le contour de la silhouette d'un coup de brosse enveloppant, et je m'écriais : « Antinoüs, te voilà immortel ! ». Et le jeune homme se mit à rire. »

Dans les jours qui ont suivi, j'ai dévoré toutes les études consacrées à l'extraction de sons des objets du passé. Je me souvenais vaguement que George Charpak avait évoqué cette idée dans les années 90 : récupérer les voix qui auraient pu être gravées involontairement sur les sillons des poteries antiques, par le mouvement des outils façonnant la glaise sur le tour du potier. J'ignorais s'il avait réussi, j'ignorais si j'arrivais trop tard ou si tout restait à faire.

Quelques heures de recherche m'avaient suffi pour comprendre que la deuxième hypothèse était la bonne. Charpak avait abandonné après avoir vainement arpenté les galeries du Louvre, je n'ai pu trouver sur la toile que quelques blogs de rêveurs passionnés, un poisson d'avril de chercheurs belges, et la quasi-certitude que ma nouvelle lubie était un combat perdu d'avance.

Mais pour une raison que je ne saurais t'expliquer, j'ai décidé que moi, j'y arriverais.

Pendant des années, j'ai justifié mon obsession par ces mots que tu avais prononcés à la Villa Hadriana : je voulais réussir pour toi mon fils, pour te donner raison. C'est ce que je répétais à ta mère, mais plus le temps passait, plus je me repliais sur le silence de mon laboratoire, moins j'y croyais moi-même. Le pire, tu sais, c'est que j'ai eu conscience du gouffre dans lequel je m'enfonçais. Je ne peux pas prétendre n'avoir rien vu, ni rien compris de ce qui se passait. Mais l'objectif était là, toujours plus proche, j'étais à deux doigts de bousculer la science.

À mes collègues, j'ai dû sortir une autre version, discuter de longueurs d'onde et franges d'interférence. Au début, tout le monde a trouvé cela charmant. Je m'étais trouvé un hobby, je n'étais ni le premier, ni le dernier, et d'ailleurs, la science a besoin de ces excursions hors-piste pour susciter des vocations. Dans les congrès, d'éminents professeurs m'abordaient, le sourire aux lèvres, on me félicitait pour mon originalité.

Après un an à scanner des dizaines d'objets, en terre cuite ou en bitume, conservés au Louvre – ceux qui avaient a priori une chance de contenir de l'information –, je suis entré dans une phase de découragement. Tu t'en souviens peut-être, parce qu'en plus d'être absent, je suis devenu désagréable. Toutes mes tentatives s'étaient soldées par des échecs, je n'avais pas été capable de détecter le moindre son intelligible au milieu du bruit de fond lié au frottement de l'outil sur l'argile.

Ta mère a suggéré qu'à défaut de lire du son, je pourrais commencer par prouver qu'un enregistrement était possible. Comme d'habitude, l'idée était excellente. Je suis devenu potier, et durant cette période au moins, je suis redevenu un père, puisque ta sœur et toi avez été mes assistants. Je te revois façonnant l'argile sur le petit tour électrique que je m'étais procuré, et elle, jouant avec énergie de son violon, pendant que le stylet gravait des sillons circulaires. Nous avons séché l'argile, avant de la cuire dans le four de la cuisine. Les premiers essais de lecture par faisceau laser n'ont restitué que le grésillement habituel.

Devant votre air dépité, j'ai réalisé que notre expérience était vouée à l'échec avec un objet si épais : il n'avait aucune chance de vibrer sous l'effet d'impulsions minuscules, a fortiori dans un matériau aussi granuleux que cette argile grossière. Un outil beaucoup plus fin, d'une taille très petite devant la longueur d'onde du signal, devait être utilisé. J'ai repris la gravure, cette fois à l'aide d'une pointe souple en acier. Et j'ai scanné la forme complète des sillons, pour chercher d'infimes vibrations dans toutes les directions possibles. Pendant des semaines, j'ai analysé, filtré, écouté. Jusqu'à ce qu'une nuit, dans mon casque, j'identifie quelques notes assourdies de *La lettre à Élise*.

À la réflexion, il aurait mieux valu que je n'isole jamais ces deux secondes de violon. Ce succès m'a convaincu que j'allais réussir, qu'il suffisait de trouver le bon support, le bon état de surface, la perle rare. Quelques publications ont permis à mon directeur de laboratoire de fermer les yeux sur mes absences, ta mère a pris en charge tout ce que je ne faisais plus, et j'ai pu me consacrer à ma quête. J'ai ausculté des objets en cuivre, en bronze, en marbre, tous les matériaux où je parvenais peu à peu à graver mes sillons et enregistrer ma voix.

Les années ont passé. J'ai démontré que les coups de pinceaux, sur les objets enduits de cire, pouvaient eux aussi receler des signaux.

Et à force d'obstination, j'ai fini par trouver ma perle rare : un marbre de la villa Tivoli, conservé au musée du Vatican, toujours en partie recouvert de son vernis de protection. L'analyse d'une trace de brosse de plusieurs centimètres a révélé un son. Un bruit, à vrai dire, plutôt qu'un son. Une détonation. Peut-être une onomatopée, peut-être un coup frappé autour de l'artisan... J'en ai débattu avec ta mère pendant des jours, je l'ai fait entendre à tous les acousticiens du monde. Il m'a valu une reconnaissance, tout à coup, je n'étais plus seulement le type farfelu qui poursuivait son idée fixe.

Je me suis aperçu que vous étiez devenus des adolescents, presque des adultes déjà. J'ai voulu vous faire écouter ma détonation, mais vous n'aviez pas le temps. Cela ne m'a pas bouleversé, car il y avait plus important. C'était Hadrien que je voulais entendre. Il me fallait un objet familier, un objet qui avait été façonné en sa présence. Je m'étais forgé au fil des ans un réseau d'archéologues, conservateurs de musée, historiens, qui savaient ce que j'attendais.

Ta mère me regardait en souriant, elle ne m'a jamais dit que c'était le rêve d'un fou. Elle aurait dû, peut-être. Au lieu de ça, elle continuait à payer les factures, à gérer vos emplois du temps et à filtrer mes appels. Ta grand-mère est décédée, je n'ai eu à m'occuper de rien.

Et puis, il y a trois mois, Ganzzini m'a appelé. Il dirige une partie des fouilles de la Villa, dans les nouveaux édifices qui ont été dégagés près de la résidence impériale. Chaque été, ils creusent davantage, exhument des mosaïques, des fragments d'objets, et de temps en temps, un joyau.

Ta mère m'a conduit à l'aéroport. Le soir même, j'étais à Tivoli, et j'ai pu le contempler pour la première fois.

Une semaine plus tôt, l'équipe avait mis à jour une surface de marbre blanc, dans une niche creusée dans le mur. Surexcités, ils avaient cru à une statue, et s'étaient relayés jour et nuit pour la dégager. Il s'était avéré que ce n'était pas une statue, mais un sarcophage de petite taille, parfaitement intact. Avec d'infinies précautions, ils l'avaient sorti de l'abri dans lequel il avait été glissé mille neuf cents ans plus tôt, et l'avaient ouvert. À l'intérieur, Antinoüs les contemplait. Pas l'Antinoüs des statues, pas le modèle de pierre froide, mais un jeune garçon qui aurait pu être toi, si réel qu'il semblait presque vivant.

— Tu te rends compte, trépignait Ganzzini, un portrait de Fayoum, ici, au cœur de la Villa, aussi bien conservé que tous ceux découverts en Égypte ! Il me hurlait dans les oreilles ce que j'avais deviné tout de suite : Hadrien qui fait exécuter le portrait lors de leur voyage à Alexandrie, juste avant la mort du jeune homme, Hadrien qui le ramène avec lui à Rome comme une relique. Ce qu'on peut imaginer, continuait Ganzzini, c'est qu'à la mort d'Hadrien, un serviteur dévoué a fait porter le sarcophage ici, dans ses appartements, pour le mettre à l'abri des futurs occupants de la Villa.

J'ai approuvé, sans quitter des yeux les stries laissées sur la cire par la brosse de l'artiste, que je pouvais discerner même à l'œil nu.

La suite, tu la connais, mon fils. Les quelques mots en grec, aussi intelligibles que s'ils avaient été enregistrés hier, extraits d'un long sillon tracé autour de la silhouette d'Antinoüs, dernier coup de pinceau pour rehausser le relief du corps. Et le rire cristallin que l'on distingue ensuite.

Ces derniers mois n'ont pas dû être faciles à vivre pour vous, je m'en rends compte. On s'est vu quoi... quelques heures entre deux avions, entre deux plateaux de télévision. Je vous demande pardon. J'avais souvent imaginé les invitations par mes pairs, la reconnaissance internationale... Mais pas le reste. Pas les nuées de journalistes qui me sont tombés dessus. Tout à coup, on se passionnait pour mes travaux, ma longue quête remplie d'échecs et de doutes.

Je suis devenu l'exemple du chercheur qui n'abandonne jamais, et dont l'obstination fournit à l'humanité un trésor inestimable. On parle de moi pour le prix Nobel de physique, tu te rends compte ? J'ai peur que cette pression m'ait un peu tourné la tête, j'ai donné quelques interviews où je ne savais plus ce que je disais. Les journalistes voulaient tout savoir sur ma vie, alors j'ai essayé de vous protéger, j'en ai dit le moins possible. J'ai minimisé le rôle de ta mère dans mes recherches, je n'ai pas mentionné les heures passées à relire mes notes, à tester elle-même d'autres filtres, d'autres approches, à scanner certains objets pour vérifier que je n'avais pas commis d'erreur.

Je veux me convaincre que je l'ai fait pour vous, mais tu ne seras pas d'accord, et je ne peux pas t'en vouloir. Peut-être n'était-ce que la vanité d'un homme qui a attendu trop longtemps la reconnaissance, je ne sais plus.

Je suis rentré il y a une semaine, plein de cette énergie tourbillonnante et prêt à poser enfin mes valises. Dans le train, je pensais à vous, à ton anniversaire que j'avais manqué plusieurs fois... Quel idiot, n'est-ce pas ?

La maison était vide à mon arrivée. À peine quelques meubles laissés par ta mère, mes habits dans une penderie, et un mot sur le sol pour me dire que c'était fini. D'abord, j'ai pensé à ces interviews stupides, j'ai cru que je l'avais blessée. Mais en relisant une seconde fois, j'ai compris que je faisais fausse route : elle me quittait parce que j'avais réussi, tout simplement ; je n'avais plus besoin d'elle désormais.

Brusquement, ma vie s'est effondrée, comme si le mortier millénaire des murs de la Villa Tivoli disparaissait soudain, et qu'il ne restait qu'un tas de briques inutiles. À cet instant, je me foutais des félicitations comme du prix Nobel, il ne restait qu'un homme brisé, pleurant comme un enfant sur le parquet d'une grande maison vide.

Et aussi la voix d'un empereur mort depuis près de deux millénaires, pour laquelle le monde entier n'a pas fini de s'émerveiller.

« L'enfant n'est plus. Je l'ai laissé dans un puits sombre, creusé dans le flanc de la montagne.

J'ai préféré cet endroit isolé, à quelques lieues de la ville qui portera son nom, plutôt que tout monument qui, aussi majestueux soit-il, ne résisterait pas éternellement à l'usure du temps et la grossièreté des barbares. Dans sa grotte, Antinoüs goûtera au calme éternel, les siècles passeront sans rien changer à ce qu'il a été. J'ai gardé le portrait. Les prêtres voulaient que je le dépose dans le sarcophage, comme ils font ici, mais je n'ai pas pu m'y résigner. Je le rapporterai à Rome, et il dira aux générations futures qui était l'enfant de Claudiopolis devenu dieu, comment il vous regardait de son air pensif et sérieux, avant d'éclater de rire. »

© Olivier Coutier-Delgosha[52]

---

[52] Auteur vivant à Blacksburg, en Virginie (États-Unis d'Amérique) où il est professeur à Virginia Tech. Il a publié précédemment *Le plan de vol* a changé aux Éditions Quadrature, finaliste au prix Boccace 2021.

Marguerite Yourcenar

Michel Lobé Etamé
(France/Cameroun)

Le vingtième siècle a été marqué par de nombreux écrivains qui nous laissent une bibliographie riche et passionnante. Mais que serait ce siècle sans le génie fécond d'une dame qui est venue bousculer l'ordre social établi par les hommes ? Elle est née quand ce siècle n'avait que trois ans. Est-ce un signe du destin qui mettra en cause la domination masculine ?

Cette dame s'appelle Marguerite Yourcenar. Une femme libre qui n'a pas choisi la facilité et qui a refusé de s'insérer dans les cases conventionnelles d'une société où le rôle de la femme est, d'avance, défini.

Alors qu'elle croule sous les superlatifs flatteurs, Marguerite Yourcenar ne se laisse pas influencer par la critique qui veut faire d'elle une nouvelle égérie de la littérature française. Libre dans sa tête, l'auteure des Mémoires d'Hadrien n'arrête pas de surprendre le monde littéraire.

Marguerite Yourcenar doit à son père son esprit de liberté qu'elle cultive au cours de nombreux voyages qu'elle effectue avec lui. Ne dit-on pas que les voyages forment la jeunesse ? Cette polyglotte lit beaucoup et découvre la condition féminine alors que son rang social l'a toujours privilégiée. Elle fera de la condition féminine un thème majeur de son œuvre pour préserver sa liberté.

La liberté, et très particulièrement l'égalité des sexes, sera un combat permanent pour cette érudite. Son œuvre reste à ce jour un appel à la liberté. Elle n'en démordra pas. Et dès qu'elle connaît le succès, elle use de cette notoriété pour faire passer son message : la liberté.

Comme tous les esprits libres, Marguerite Yourcenar trouvera sur son chemin des esprits chagrins qui ne supportent pas cette voix généreuse d'une femme en quête d'humanisme. Mais rien ne pourra briser son élan. La publication de son roman « Mémoires d'Hadrien » sera accueillie avec les meilleures critiques qui la placeront au rang des grandes plumes de sa génération et du siècle. Un siècle qui sera riche et florissant de la pensée évolutive et universelle. Ce livre n'est pas un coup du sort qui révèle au grand public l'immense talent de l'auteure. Mais on y découvre une œuvre romanesque et d'humanisme dont le style littéraire et indépendant va surprendre la critique littéraire. Du pur et vrai Yourcenar, dira-t-on !

Forte de cette notoriété, Marguerite Yourcenar poursuivra son immense œuvre qui va garnir les bibliothèques et faire d'elle une ambassadrice de la littérature française aux États-Unis où elle va s'exiler.

Et comme le succès entraîne le succès, Marguerite Yourcenar nous gratifiera d'autres romans tels que « L'Œuvre au Noir », « Les Yeux ouverts », « Le jardin des chimères », etc. Mais ce que retiendra la critique est surtout son style littéraire hors du commun qui emprunte les mots et la formule au sens rhétorique du terme. L'auteur fait appel à de nombreuses références. Ce style littéraire est en parfaite adéquation avec le personnage qui bouleverse la prose et ses codes jusqu'ici observés.

La fin d'une discrimination

« Aux grands hommes la patrie reconnaissante ». Cette citation marque bien la discrimination systémique envers le genre de notre société jusqu'au vingtième siècle. Les portes des grandes institutions n'étaient ouvertes qu'aux hommes. Marguerite Yourcenar va briser ce plafond de verre. Elle sera la première femme à entrer à l'Académie française. Enfin !

Cette grande dame, cette écrivaine hors du commun et prolifique, va faire sauter la chape de plomb qui submergea durant des siècle la femme.

Tour à tour, le succès des œuvres de Marguerite Yourcenar va la plonger au-devant de la scène littéraire. Cette récompense bien mérite sera couronnée de succès. Le prix Marguerite Yourcenar voit le jour en 2015. La même année, deux expositions lui sont consacrées dans le Nord : *« Marguerite Yourcenar aux archives du Nord »* et *« Trésor du fond Bernier »* qui consacreront l'auteure des Mémoires d'Hadrien.

Comme Colette, Marguerite Yourcenar a ouvert un boulevard à la condition féminine et à l'égalité des sexes. Ce combat se poursuit et rend hommage à ses glorieux précurseurs.

Cette reconnaissance préfigure-t-elle l'entrée de Marguerite Yourcenar au Panthéon ? Beaucoup y pensent. Pourquoi ne pas matérialiser ce projet qui n'est que l'aboutissement d'une œuvre qui marquera à jamais un siècle de disette et de réalisme ?

© Michel Lobé Etamé[53]

---

[53] Auteur, journaliste indépendant et éditorialiste. Il a publié les livres *Cameroun : au chevet d'un régime à l'agonie* (Éditions L'Harmattan), *Sous le regard de Khedy* (Éditions les trois colonnes) et participé à l'ouvrage collectif *Qu'est-ce que l'Afrique ?* (Éditions la Croisée des chemins).

Chandelle

V.Maroah
(France)

« *Vous ne saurez jamais…*
Qu'un peu de votre voix a passé dans mon chant. »

Du chant têtu des partisanes
Émerge la voix sacrée du profane
L'ouvrage discret des artisanes
Bouquet sauvage qui jamais ne fane.

Le verbe est mystère
Quand rien ne le fait taire.

Du culte pourri de la conquête
La paix s'exile ultime requête
Aux heures noires de la tempête
Quand le veilleur sombre la femme guette.

Le verbe est à terre
Quand il se fait prière.

Le chant désuet des demoiselles
Au bois doré, tout est pareil
L'amour fredonne des ils, des elles
L'amour s'envole. Des îles. Des ailes.

Le verbe est sourire
Quand le cœur soupire.

Songe d'été au goût de guerre
Ne combat pas un rêve d'hiver
Et le chant blessé des guerrières
Vient me souffler le reste à faire.

Le verbe soupire
Quand le monde expire.

À la croisée des chemins qui s'enlisent
Se grave l'empreinte de l'insoumise
Aux mondes anciens, la table est mise
Comme des silences qui se brisent.

Le verbe se pâme
Sous le joug d'une dame.

Le chant secret des minorités
S'élève comme un hymne à la liberté
Dans le dédale des mondes d'étrangetés
Une simple affaire d'affinités.

Le verbe se damne
Pour la parole d'une femme.

CHANT D'ELLE

© V.Maroah[54]

---

[54] V.Maroah vit à Aubagne, dans le sud de la France et a publié, en 2022, *Les volets clos*, *Anna* et *Je*. Ses romans démontrent une prédilection avouée pour les questionnements identitaires, une délectation particulière pour les explorations du langage et un incontrôlable goût pour l'absurde.

Pour Marguerite

Mariem Raïss

(France/Maroc)

« Le véritable lieu de naissance est celui où l'on a porté pour la première fois un coup d'œil intelligent sur soi-même : mes premières patries ont été les livres. »

— *Mémoires d'Hadrien*

Paris, le 28 février 2023

Chère Marguerite,

Je vous sais amoureuse des correspondances, que vous avez écrites nombreuses, intenses et vivifiantes. Alors, je vous écris. Par-delà les mots, par-delà les temps, par-delà les convenances, je vous écris. Femme de lettres universelle, vous planez sur ma conscience d'écrivain en devenir, vous arquez ma pensée vers un point de liberté que je devine toujours si fragile, vous élaborez ma quête féminine à mon insu. Lacan et Jung ne me contrediront pas, vous êtes en moi, par-delà les livres que j'aurais pu lire de vous. En effet, vos écrits qui se sont répandus de l'autre côté de notre patrie, la langue française, incarnent notre temporalité, nos désirs, nos doutes, nos chagrins et nos espoirs.

Marguerite, depuis le continent américain, où vous avez régné sur la littérature française, traversé les océans et inlassablement tendu des ponts de livres, je suis l'héritière malgré moi, de votre force linguistique, qui me pousse à me frayer un chemin dans la jungle du verbe qui m'est propre. Insolente, indépendante et impertinente, vous avez érigé une cathédrale de mots

139

pour que nous, écrivains, puissions nous y abreuver, par tous les temps. Des mots convoqués par les dieux grecs. Des mots sacrés, des mots classiques, des mots esthétiques, qui nous obligent à construire notre pensée pour aller flirter avec la Liberté, grande sœur incontestée de la langue française. Pas étonnant, finalement que vous ayez élaboré votre œuvre, majeure, main dans la main avec votre compagne, sur l'île des Monts Déserts. Il fallait s'entourer de mer pour nourrir les racines du vernaculaire.

Marguerite, femme immortelle, entrée dans les Académies de littérature française du monde entier, vous vous affranchissez des frontières, et une fois encore réaffirmez, physiquement, que votre seule patrie, ce sont les livres. Je ne peux qu'être interpellée, depuis le plus profond de mon inconscient, par cette incantation que votre plume historique et magique a dessiné tout au long de votre vie. Votre œuvre romanesque, poétique, philosophique, raconte l'alchimie qui habite nos mémoires, et témoigne de l'universalité de la race humaine. Comment ne pas m'en souvenir, lorsqu'armée de ma plume, je tente de trouver un sens à ce qui me traverse ? C'est grâce à vous, Marguerite, et à vos écrits, tatoués dans mon ADN de femme française et francophone, que j'ose écrire ma vie, et la mettre en lien avec le Monde. C'est grâce à vous, encore, que j'imagine des histoires qui feront peut-être écho à d'autres femmes, nées sous d'autres soleils. C'est grâce à vous, enfin, que j'accepte l'audace qui me caractérise, pour affronter les combats existentiels et littéraires que j'ai à mener, encore au XXIe siècle. Seriez-vous fière de moi ?

Marguerite, quand je regarde vos yeux transparents qui m'apostrophent, et m'invitent à me moquer des conventions, j'ai envie d'aller courir les champs. Je sais que, jamais, je ne devrais emprunter les sentiers battus, et que toujours, il me faudra découvrir les réponses pour illuminer ma destinée. C'est ainsi que vous avez mené la vôtre, depuis le Nouveau Continent ; celui qui appelle les rebelles, les voyageurs, les penseurs, les rêveurs à inventer la vie qui leur sourit. Effronté encore, ce regard transfigure la pensée, et l'exalte à puiser dans l'infini de l'Histoire, les livres que nous devons impérativement écrire. Là-bas, je vous vois nous sourire depuis l'autre rive. Seriez-vous fière de nous ?

Marguerite, vous l'avez compris, en demeurant éternelle, vous vous êtes convertie malgré vous en cicérone de la littérature française. Une figure de proue pour les apprentis écrivains que nous sommes. Une guerrière de la prose, dont nous célébrons aujourd'hui les cent vingt ans d'anniversaire de naissance. Je suis honorée de m'adresser à vous personnellement au travers de cette lettre, qui vous parviendra, j'en suis sûre, par-delà les rivières du temps. Vous le savez bien, il n'existe pas. Alors, je vous dis « à bientôt », au plaisir de vous lire, Chère Marguerite.

Très sincèrement,   © Mariem Raïss[55]

---

[55] Auteure et narratrice, elle a enseigné l'anglais et le français pendant dix ans à l'université à Porto Rico. Aujourd'hui, elle se consacre à l'écriture et la lecture à voix haute de textes contemporains et classiques (en cinq langues) publiés sur *Instagram* et *LinkedIn*. Son nouveau roman « *Lune Bleue* » est paru chez Librinova.

Le peintre, l'écrivaine et la barque des arts !

Laurent Desvoux-D'Yrek
(France)

Wang-Fô a la solution à tous les emprisonnements injustes, à toutes les arrestations arbitraires : il suffit au peintre de représenter avec un geste vif une porte sur le mur, de l'ouvrir et de rejoindre sa liberté ! Il suffit ! Il suffit, voyons ! On ne peut s'échapper par un simple trait, fût-il complété d'une poignée efficacement concrète. Et un poème visa avec tous les dons conjugués du langage, de l'imagination, des valeurs humanistes en ouverture d'esprit ne suffira pas, ne suffira jamais pour assurer le passage au check-point de vos voyages. Wang-Fô, tu dors aujourd'hui dans un conte oriental de Marguerite Yourcenar et ... à relire vraiment la nouvelle orientale écrite dans les années trente, et que je lus d'abord en 80/81 dans mon année du bac, je ne peux que constater combien ma mémoire ou ma compréhension étaient limitées et ont orienté le récit spirituel vers un simple sketch de dessin animé (Tex Avery, tu m'as marqué autant que bien des lignes de poètes et de romanciers) où les objets et choses s'animent avec facilité et absurde à dérouter et amuser.

L'Empereur t'en a voulu, cher Wang-Fô, d'avoir représenté le monde avec plus d'intensité qu'il ne le découvre en sa jeunesse, à enfin l'explorer, après une connaissance picturale comme on dirait livresque et de voir ce monde sous son vrai jour et d'un terne accablant, t'a condamné au supplice des mains coupées et des yeux crevés, l'embellissement du monde jurait comme un mensonge éclatant. Le déçu impérial t'enjoignit cependant de parfaire la toile inachevée, c'est sur le flot bleu peint de ta dernière main que tu pars en vogueur, accompagné de ton secrétaire pourtant mort... Quels sont les rivages que vous avez gagnés, loin des tortures impériales et loin des beautés du monde terrestre, où tu pratiquais, outre l'art de peindre, le troc, le vagabondage et le regard qui va plus loin que l'arête des toits et des poissons de nos rivières. La gratuité et la beauté du monde.

Marguerite nous embarque avec cette histoire, elle confie, dans le Post Scriptum à ses dix nouvelles en reprise quarante ans après la première édition, s'être inspirée d'un «apologue taoïste de la vieille Chine », elle nous fait monter à bord du récit, nous devenons compagnons de l'infortune du vieux maître et de son disciple comme de la merveille des ressources proposées par l'art, art pictural, art scriptural. Elle interroge au profond de nos esprits les relations entre l'art et le réel, des effets de l'un à l'autre, leur flux autant que leur reflux. Le style est simple, précis, comme un geste de calligraphe à se dérouler ou à se lancer, sec ou séché rapidement, rigoureux, vigoureux. La fiction entraîne aux réflexions sur les fins de l'art et sur les différents pouvoirs d'ici-bas. Une fable donc et qui fait autant réfléchir que sourire du joyeux tour essentiel de l'artiste mis à mort qui prend une revanche surprise, rebelle et belle.

Et nous laisse évidemment avec une besace de questions en ouverture : l'une d'elles, lorsque la barque disparaît à tous nos yeux, en virant autour d'un rocher, à l'intérieur même du tableau peint, de quel ordre est cette disparition, partielle ou totale, corporelle ou spirituelle, illusoire ou essentielle ? Un jour, cette barque fera-t-elle retour de là où l'ombre de la falaise était tombée sur elle, la tache imperceptible redeviendra-t-elle un bord d'où nous réapparaîtront Ling et Wang-Fô, accompagnés de Marguerite, qui tous trois sortiront du tableau pour de neuves aventures. De ce bord, je vous laisse à présent imaginer, rêver, réfléchir ou écrire. À votre guise, à votre grise, à vos bleus maritimes, célestes, de peinture ou d'encre.

© Laurent Desvoux-D'Yrek[56]

---

[56] Texte composé entre la dernière heure du samedi 18 mars 2023 et la 1ère heure du lendemain. Complété rue Rambuteau à Paris le 21, peaufiné pour 2 mots le 25.

Marguerite Yourcenar, la première immortelle
Mélanges en l'honneur de Marguerite Yourcenar

Hommage à la première Immortelle...

Claire Rio Petit

(France)

Marguerite Yourcenar,

Femme de lettres jusqu'au bout du patronyme utilisant l'anagramme pour créer son nom de plume.

Femme multiculturelle, s'affranchissant des frontières.

Femme sentimentale dont l'inspiration se nourrissait au gré de ses voyages, puisant tant dans la mythologie que dans la religion.

Femme passionnée et artiste accomplie qui, loin de s'enfermer dans un genre narratif, avait préféré se diversifier et presque tout essayer.

Femme engagée dans la protection de l'environnement, parfois en avance sur sa génération.

Alors que la marguerite symbolise l'innocence, la candeur et désigne l'expression des sentiments de manière simple et désintéressée, ces paroles me reviennent instantanément : "*L'amour est un châtiment. Nous sommes punis de n'avoir pas pu rester seuls*".

Saviez-vous que cette fleur aux pétales blancs fait partie de la famille des Astéracées ?

Quelle importance, me direz-vous !

Je ne puis m'empêcher d'y voir une forme de destinée, puisqu'elle est cousine avec l'Immortelle. Marguerite, la première Immortelle ne pouvait ainsi mieux porter son prénom et suscitera toujours autant mon admiration.

147

Marguerite l'immortelle,
Marguerite l'intemporelle,
Marguerite la passionnée,
Marguerite l'engagée,
Source d'inspiration
pour des générations.

Si je ne devais retenir qu'une seule phrase de son œuvre, ce serait celle-ci : "*Tout moment est dernier, parce qu'il est unique*".

Car Marguerite Yourcenar était, elle aussi, unique.

© Claire Rio Petit[57]

---

[57] Auteure normande. Bien qu'amoureuse de la lecture et de l'écriture dès son plus jeune âge, c'est en 2021 que l'écriture frappe à sa porte. Depuis, elle écrit dans des registres divers : poétique, romantique, fantastique et jeunesse.

Raison pour laquelle
elle demeure immortelle

Billy Nzalampangi Ngituka
(République démocratique du Congo)

Y a-t-il de la poésie dans son œuvre mythique ?
Oui. De choix, quoi qu'en dise la critique.
Une langue française amoureuse d'humanisme,
Rédemptrice des mots, les élevant au sublime,
Conteuse de nos âmes de la Grèce au Japon,
Et de son universel, elle a fait ma passion.
Nom de son père transcendé Yourcenar,
Amoureuse des lettres, elle nous lègue l'histoire,
Romancière et poète, oui, je chante sa gloire.

© Billy Nzalampangi Ngituka[58]

---

[58] Auteur et poète résidant à Kinshasa (RDC), aussi connu sous les pseudonymes de BiN ou Billy Israël. Cofondateur et secrétaire général de Writers Circle RDC chez Writers Circle RDC, partenaire de PEN International.

TABLE DES MATIÈRES

Illustration

Couverture, aquarelle et direction artistique Sandra Encaoua Berrih

Mon carnet de notes...

Chère Marguerite,

Marguerite Yourcenar, la première immortelle
Mélanges en l'honneur de Marguerite Yourcenar

EDITIONS
RENCONTRE DES
AUTEURS FRANCOPHONES

www.ingramcontent.com/pod-product-compliance
Lightning Source LLC
Chambersburg PA
CBHW072151170626
46813CB00004BA/1761